Wolfgang Schweiger · Der höchste Preis

Walter Schott, ein Mann mit bewegter Vergangenheit, lebt als Drehbuchautor und Journalist in Berlin. Eines Tages erhält er den Anruf einer alten Bekannten: Monika Hochstätter. Sie ist todkrank und bittet Schott, ihr Romanmanuskript zu lektorieren, in dem sie ihre Erlebnisse als Prostituierte niedergeschrieben hat.
Als er Näheres erfahren möchte, wird er mit einer schrecklichen Tatsache konfrontiert: seine Schwester Astrid wurde, ebenso wie Monika, als 11-jähriges Mädchen von Monikas späterem Ehemann Gerhard Hauser sexuell missbraucht. Für Schott ist das endlich die Erklärung dafür, warum Astrid mit 30 Jahren Selbstmord begangen hat. Er kehrt daraufhin in seine Heimatstadt Traunstein zurück, um Hauser zur Rechenschaft zu ziehen.

**Wolfgang Schweiger** wurde 1951 geboren, danach Ausbildung zum Speditionskaufmann, später Studium der Sozialpädagogik, seit 1979 als freiberuflicher Autor und Journalist tätig. Er veröffentlichte ein gutes Dutzend Krimis und schrieb Drehbücher für TV-Serien wie „SOKO 5113“ und „Der Fahnder“.

Wolfgang Schweiger

# Der höchste Preis

PENDRAGON

*Ist es schon morgen*
*oder nur das Ende der Zeit?*

Jimi Hendrix, *Purple Haze*

# 1

Schott setzte sich, legte „Traunsteiner Tagblatt", Gauloises und Feuerzeug auf den Tisch vor sich und winkte der Bedienung. Während er auf seinen Cappuccino wartete, blätterte er die Zeitung durch und sah nach, was die alte Heimat so an Nachrichten zu bieten hatte. Viel Dramatisches war nicht dabei: Eine Schlägerei in Traunreut, ein Unfall auf der B 304, eine Bergrettung am Watzmann. Ansonsten nichts als Bauvorhaben, Vereinsaktivitäten, Dorffeste und auf der Kulturseite ein Bericht von den Salzburger Festspielen. Schöne, heile Welt. Schott nahm seinen Cappuccino in Empfang, zahlte und steckte sich eine Zigarette an. Dann lehnte er sich zurück und wartete darauf, dass sich der Mann blicken ließ, den er demnächst töten würde.

Schott war noch immer erstaunt darüber, wie leicht es ihm gefallen war, die Sache auf ein rein technisches Problem zu reduzieren. Auf ein militärisches Kommandounternehmen sozusagen: Aufspüren und vernichten. Auch wenn der Mistkerl für das, was er verbrochen hatte, vor Gericht vermutlich mit Bewährung davongekommen wäre. Und ihm absolut klar war, dass es schlicht Wut war, die ihn antrieb. Eine mörderische Wut darüber, dass er versagt hatte. Dass er keinen Blick für die Tragödie gehabt hatte, die sich jahrelang vor seiner Nase abgespielt hatte.

Schott schüttete etwas Zucker in seinen Cappuccino, rührte um und fixierte kurz einen etwa gleichaltrigen Mann, der mit hastigen Schritten in Richtung Stadtplatz eilte. Schon wieder einer, der mit ihm die Schulbank gedrückt hatte? Der brav hier geblieben war und Karriere als Studienrat, Anwalt oder Zahnarzt gemacht hatte. Und jetzt im Kreise seiner Lieben und zufrieden mit sich auf sein Leben zurückschauen konnte. Egal. Was geschehen war, konnte er nicht mehr ändern. Er konnte nicht einmal um Vergebung bitten. Aber er konnte dafür sorgen, dass jemand den Preis dafür bezahlte. Den denkbar höchsten Preis. Er trank einen Schluck und konzentrierte sich wieder auf Hauser, auf sein Vorhaben. Sein Plan war ganz einfach: Er würde Hauser unauffällig in seine Gewalt bringen und ihn wissen lassen, wieso er sterben musste. Und dass es nichts auf der Welt gab, was er dagegen tun könnte. Dann würde er ihn mit mehreren Kugeln niederzustrecken und die Leiche in einem Moorgebiet zwischen Waging und Teisendorf spurlos verschwinden lassen. Keine Leiche, keine Anklage. Und folglich keine Verurteilung. Schott grinste böse vor sich hin, den

Blick wieder fest auf die Glastür gerichtet, durch die Hauser jeden Augenblick ins Freie treten konnte. Es sei denn, der Herr Finanzmakler machte keine Mittagspause oder war Selbstversorger. Oder war längst durch einen Hintereingang verschwunden, um irgendwo auswärts seinen Geschäften nachzugehen.

Aber Schott hatte es nicht eilig. Bekam er Hauser nicht hier und jetzt zu Gesicht, würde er abends zu dessen Landhaus nördlich vom Chiemsee hinausfahren und sich dort einen ersten Eindruck von seinem Opfer verschaffen. Was er ohnehin als nächsten Schritt vorhatte: Hausers häusliche Umgebung zu überprüfen. Er nahm nochmals die Zeitung zur Hand, aber da wurde die Tür schon geöffnet und ein Mann kam heraus. Schott erkannte ihn auf Anhieb wieder, trotz der paar Jahrzehnte, die seit ihrer letzten Begegnung vergangen waren. Er rückte seine Sonnenbrille zurecht und beobachtete, wie Hauser an ihm vorbei ging, den Kiosk nebenan ansteuerte und sich vor der Theke anstellte. Ein schwergewichtiger, schwer atmender Mann in einem anthrazitfarbenen, schlecht sitzenden Anzug, dem man seine vierundsechzig Jahre schon von weitem ansah. Eher mitleiderregend denn ein Feindbild. Aber Schott hatte einen ganz anderen vor Augen, einen schlaksigen, gut aussehenden, unheimlich von sich überzeugten Kerl, der im Viertel der King gewesen war. Der es mit allen konnte, mit den Mädels sowieso, aber auch mit den Schlägertypen.

Schott sah aus den Augenwinkeln zu, wie Hauser einen Teller mit Gulasch, dazu eine Semmel und eine Flasche Cola, zu einem der Stehtische trug. Erst aber sein Handy aus der Jackentasche zog und vor sich hin legte, ehe er sich über seine Mahlzeit hermachte.

Schott wandte sich ab und richtete seine Aufmerksamkeit auf ein paar Schüler, die lautstark vor dem Edeka-Laden herum alberten. Der Anblick stimmte ihn unvermutet melancholisch. Kinder! Auch so eine Prüfung, die an ihm vorbei gegangen war. Wie es wohl wäre, Vater von so einem Halbwüchsigen zu sein? Eine Autoritätsperson darzustellen? Anderen Befehle zu erteilen? Er musste unwillkürlich lächeln. Ausgerechnet er, der immer gemacht hatte, was er wollte, ohne Rücksicht auf Verluste. Ohne Rücksicht auf andere. Auf seine kleine Schwester zum Beispiel. Sein Lächeln erstarb. Als ihm jemand auf die Schulter tippte, zuckte er zusammen. Er drehte den Kopf, und erblickte Hauser neben sich, die halbgeleerte Flasche Cola in der rechten, eine zerknüllte Serviette in der linken Hand.

Sag mal, bist du nicht der Schott Walter aus dem Seehuberweg?“, fragte Hauser.

Schott nickte mit zugeschnürter Kehle.

„Hätte dich beinahe nicht erkannt, so von der Seite her. Aber dann dachte ich mir: Mensch, diesen Zinken kennst du doch von irgendwoher.“

Arschloch, dachte Schott. Er räusperte sich, sagte dann mit brüchiger Stimme: „Vielleicht hätte ich auch so zulegen müssen wie du, Gerd. Dann würd’s vielleicht weniger auffallen.“

Hauser nickte, stellte seine Flasche auf dem Tisch ab und setzte sich neben Schott. Er wischte sich mit der Serviette den Mund ab und fragte: „Bist du schon länger in Traunstein?“

„Seit ein paar Tagen …“

„Du bist damals doch weg, weil du nicht zum Bund wolltest, oder?“

„Genau.“

„Und bist dann in Berlin geblieben, soweit ich gehört habe?“

„Mehr oder weniger.“

Hauser beugte sich vor und blies Schott seinen säuerlichen Atem ins Gesicht.

„Waren doch schon andere Zeiten damals, was? Nicht so wie heute, wo man nur von Problemen hört und alle darüber reden, wie man die Welt retten kann. An so einen Krampf haben wir damals keinen einzigen Gedanken verschwendet, oder?“

„Nicht unbedingt …“ Schott fluchte längst innerlich vor sich hin. Wieso musste ausgerechnet dieser Scheißkerl ihn wiedererkennen? Wo doch der Brandl Peter, den er viel besser gekannt hatte, gestern einfach an ihm vorbei gelaufen war. Dass er hier mit Hauser an einem Tisch gesehen wurde, war genau einer der kleinen dummen Fehler, die einen Kopf und Kragen kosten konnten.

„Tja, ich wünsche mir auch manchmal, ich hätte einfach so abhauen können“, sagte Hauser dann. „Raus aus diesem Provinzmief. Aber mit Familie und so. An die Monika erinnerst du dich bestimmt noch, oder?“

„Ja, sicher …“

„Und, was machst du so beruflich?“

„Ich schreibe Drehbücher. Fürs Fernsehen.“

Hauser nickte anerkennend. „Nicht schlecht. Und, wie verdient man da so?“

„Ganz gut eigentlich …“

Hauser deutete zu dem Gebäude, in dem sich seine Büroräume befanden. „Ich habe eine kleine Firma. Anlagenberatung und alles, was so dazu gehört. Also, wenn du mal nicht weißt, wohin mit deinem Geld, ich wüsste da ein paar interessante Möglichkeiten.“

„Auch legale?“, rutschte es Schott heraus.

Hauser grinste vielsagend. „Das auch …“

Schott schüttelte den Kopf. „Tut mir leid, aber so gut verdient man in der Branche nun auch wieder nicht.“

„Und jetzt, bleibst du länger hier?“

„Keine Ahnung. Mal sehen, was sich ergibt.“

„Na ja, die Stadt ist mehr oder weniger die gleiche geblieben, würde ich mal sagen.“

„Die Stadt vielleicht …“

„Also dann, ich muss zurück, habe gleich einen Termin.“

Hauser erhob sich schwerfällig, nahm Serviette und Colaflasche an sich und entsorgte beides am Kiosk. Wieder bei Schott am Tisch, kramte er in seiner Brieftasche nach einer Visitenkarte und reichte sie Schott. „Aber melde dich doch mal, ja?“

„Mache ich“, sagte Schott. „Mache ich ganz bestimmt.“

## 2

Gruber warf die Haustür hinter sich zu, stellte seine Aktentasche ab und betrat das Badezimmer. Während er sich die Hände wusch, musterte er sein Spiegelbild. Er war nicht gerade erfreut über das, was er erblickte. Als hätte er eine Nacht lang durchgesoffen. Das Gesicht grau und aufgedunsen, die Augen klein und gerötet, die Stirn noch faltenreicher als sonst. Ein alter Sack, der nichts mehr auf die Reihe brachte. Aber gut, dies war auch definitiv nicht sein Tag gewesen, soviel stand fest. Sieben Stunden Autobahn inklusive zweimal durch München, und dann dieser Reinfall.

Eiskalt, gerissen und hochintelligent, so schätzten die Spezialisten vom LKA den Täter ein. Dafür sprach allein schon seine Vorgehensweise: In keinem Fall gab es Zeugen, Spuren oder gar eine Leiche. Drei Mädchen, die im Verlauf von zwölf Jahren einfach im Nichts verschwunden waren. Und was hatten ihm die Kollegen im Schwabenland präsentiert: Einen Verlierer, wie er im Buche stand. Arbeitslos, keine Ausbildung, mit Mühe die Hauptschule geschafft. Nur weil der Kerl vor ewigen Zeiten an einer Bushaltestelle ein Schulmädchen belästigt hatte.

Gruber nahm das Halfter mit der Heckler &

Koch ab und verstaute die Waffe in der obersten Schublade des Flurschranks. Dann zog er Schuhe und Jackett aus, schlüpfte in seine Pantoffeln und ging in die Küche. Er holte eine Pizza Salami aus dem Tiefkühlfach, schob sie in den Ofen und stellte die Uhr ein. Zeit, die er noch nutzen wollte. Er schenkte sich ein Glas Bier ein und betrat das Wohnzimmer. Der Anrufbeantworter zeigte drei neue Nachrichten an. Er setzte sich auf die Couch, stellte das Bierglas ab und drückte die Abspieltaste.

„Hallo, ich bin's."

Seine Exfrau! Gruber stöhnte auf.

„Denk bitte dran, Freitag um halb acht in der Alten Wache. Du weißt, wie wichtig gerade diese Vernissage für mich ist. Und zieh dir bitte was Ordentliches an. Du hast doch diesen schönen dunkelblauen Anzug, den wir in Rosenheim gekauft haben. Schließlich werden eine Menge wichtiger Leute kommen, vielleicht sogar das Fernsehen. Also, ich rechne mit dir, mein Dickerchen. Ciao." Gruber schüttelte verwundert den Kopf. Als habe er nichts Besseres zu tun, als sich mit dem Anblick ihrer Klecksereien den Abend zu verderben. Aquarelle mit südländischen Motiven, zum Heulen. Aber vermutlich wollte sie ihn nur verkuppeln, wie schon des öfteren.

„Servus, da ist der Herbert. I wollt nur wissn, wannst endlich amoi wieder Zeit zum Üben hast? I werd scho dauernd angred, wann wir moi wieder auftretn. Oiso, lass was von dir hörn, Oida …" Gruber stieß einen Seufzer aus. Nichts hätte er im Augenblick lieber gemacht, als seine Gitarre hervorgeholt und mit Herbert und den anderen aufgespielt. Let the good times roll. Aber woher die Zeit nehmen, von seiner gedrückten Stimmung ganz zu schweigen.

„Hi Paps. Tut mir echt leid, dass es diesen Sommer nicht geklappt hat, aber das Praktikum bei dieser Filmfirma war einfach tierisch anstrengend. Wir haben manchmal bis zu vierzehn Stunden am Tag gearbeitet. Aber zu Weihnachten komme ich ganz bestimmt zu euch. Ich hoffe, dir und Mama geht es gut, und ich wollte dich fragen, weil ich jetzt doch noch heuer nach Neuseeland fliegen möchte, ob das mit dem angebotenen Zuschuss noch steht? Gibst du mir bitte in den nächsten Tagen Bescheid? Ich hab dich lieb. Bis dann." Gruber lächelte versonnen vor sich hin. Und nahm sich vor, gleich morgen die zweitausend Euro zu überweisen. Wenn das werte Töchterchen unbedingt um die halbe Welt fliegen wollte, um sich von seinem Ferienjob zu erholen, warum nicht?

Er blieb noch ein paar Minuten lang sitzen und horchte auf die Stille im Haus. Schon seltsam, dachte er, da rackert man sich sein Leben lang ab und was bleibt, ist ein leeres Haus. Vielleicht wäre es doch klüger gewesen, gleich nach der Scheidung alles zu verkaufen und sich eine Wohnung in der Stadt zuzulegen, am Wochinger Spitz etwa, noch zentral und doch ruhig gelegen. Ihm graute jetzt schon vor der Totalrenovierung, die irgendwann in den nächsten Jahren auf ihn zukommen würde. Neue Heizung, neue Fenster, vielleicht sogar ein neues Dach. Andererseits war dieser Flecken hier seine Heimat, sein kleines Reich, das ihm niemand streitig machen konnte und wo ihm niemand auf den Wecker fiel. Hier konnte er rund um die Uhr Musik hören, so laut er wollte, konnte sich in seiner Freizeit seinen Rosen widmen und überhaupt so tun, als ginge ihn der Rest der Welt nichts an. Es reichte schon, dass er sich mit Kollegen herumschlagen musste, nervige Nachbarn hätten ihm da gerade noch gefehlt. Ganz abgesehen davon, dass er immer noch eine Frau finden könnte, mit der er zusammenleben wollte. Hier hätten sie reichlich Platz und könnten sich auch mal aus dem Weg gehen. Umstände also, die man nicht leichtfertig aufgeben sollte.

Als er genug davon hatte, über seinen häuslichen Kram nachzudenken, legte er „Delaney & Bonnie featuring Eric Clapton“ auf, ging zurück in die Küche und schnitt ein paar Tomaten und eine Zwiebel. Nebenbei trank er ein zweites Glas Bier und überlegte, ob er Silvia anrufen sollte. Ob er sich gleich jetzt oder erst morgen wieder mit ihr streiten wollte. Es war schon zum Verrücktwerden. Er mochte die Frau wirklich und redete sich ein, dass auch sie ihn mochte. Jedenfalls bis zu einem gewissen Grad. Gleichzeitig fand er es immer schwerer erträglich, um jedes Rendezvous betteln zu müssen. Zugegeben, die drei Kinder, die kranke Mutter und ihr Job als Bedienung hielten sie mächtig auf Trab, aber so auf Dauer als fünftes Rad am Wagen? Mehr geduldet als begehrt! Er nahm sich vor, noch vor dem Winter eine Klärung herbeizuführen.

Er hatte von der Pizza keinen Genuss erwartet, aber heute schmeckte es ihm noch weniger als sonst. Er kippte den Rest in den Mülleimer, stellte den Tomatensalat in den Kühlschrank und gönnte sich als Nachspeise einen Schokoladenpudding. Er hatte sich kaum auf die Couch gelegt, da klingelte sein Handy.

Es war Ulrike Bischoff.

Seine neue Kollegin.

Genauer gesagt: Frau Oberkommissarin Ulrike

Maria Bischoff, Alter 32, keinen Freund, keine Kinder, keine besonderen Interessen. Aber überaus ehrgeizig und von eisiger Gemütskälte, wie er fand. Und wie viele, die von München hierher versetzt wurden, überzeugt davon, Besseres verdient zu haben.

„Tut mir leid, Sie zu stören", sagte sie in der ihr eigenen hastigen Art. „Aber wir brauchen Sie. Ostermayer hat sich krank gemeldet. Irgendwas mit der Bauchspeicheldrüse."

„Schon gut. Um was geht es?"

„Um einen Mordversuch. Jedenfalls sieht es ganz danach aus ..."

Gruber dachte unwillkürlich an ein häusliches Drama. An Blut, Tränen und viel Geschrei. Ausgelöst durch Frust, Eifersucht oder Alkohol. Der übliche Mist eben. Und jetzt genau das Richtige für ihn.

„Und wo?", fragte er kurzangebunden.

Bischoff nannte ihm die Adresse. Ein abseits gelegenes Bauernhaus, irgendwo in der Prärie zwischen Seebruck und Obing.

„Bin in zwanzig Minuten da", sagte Gruber.

# 3

Es war kurz nach neun und fast schon dunkel, als Gruber am Tatort eintraf. Er parkte neben der Zufahrt hinter Bischoffs Roadster ein, stieg aus und blickte sich prüfend um. Ein umgebautes Bauernhaus mit etlichen Nebengebäuden in bester Alleinlage, hübsch und gepflegt, wie es den Anschein hatte. Eine echte Idylle, die heute Abend jedoch massiv gestört wurde. Er steckte sich schnell noch ein Pfefferminzbonbon in den Mund und ging dann weiter, am Gartenzaun entlang in den Hof, vorbei an zwei Streifenpolizisten, die grüßend die Hand hoben. Er nickte ihnen zu, passierte den Kombi der Spurensicherung, einen Einsatzwagen der Feuerwehr sowie zwei Streifenfahrzeuge. Er näherte sich dem vor der Garage abgestellten BMW-Geländewagen, der im Mittelpunkt des Interesses stand. Angestrahlt von zwei Scheinwerfern und umringt von etlichen Schutzpolizisten inklusive Schubert, den Kollegen Kleinert und Niedermaier, zwei Feuerwehrleuten und Bischoff.

Bischoff bemerkte ihn als erste und trat auf ihn zu. Wie immer wie aus dem Ei gepellt und trotz der späten Stunde unverschämt frisch wirkend. Nur ihr Gesichtsausdruck verriet Ungeduld.

„Also?“, fragte Gruber. „Was ist passiert?“

„Das Opfer heißt Gerhard Hauser“, sagte sie. „Ein Finanzmakler mit Büro in Traunstein. So wie es aussieht, hat er hier im Wagen gesessen und darauf gewartet, dass sich das Garagentor öffnet, als jemand von dort“, dabei deutete sie auf die linke Ecke der Garage, „auf ihn geschossen hat. Vier Mal, vermutlich …“

„Und, ist er tot?“

Bischoff schüttelte den Kopf. „Nicht die Spur. Soviel ich erfahren habe, wurde er zwar zweimal getroffen, am Kopf und an der Schulter, aber es soll sich nur um Streifschüsse handeln, Fleischwunden. Anscheinend hat er unheimliches Glück gehabt.“

„Zeugen?“

„Seine Frau hat ihn gefunden. Die beiden wohnen allein hier …“

„Was ist mit dem Täter?“

„Bis jetzt keine Spur. Aber wir haben ja gerade erst angefangen …“

Gruber blickte erneut in die Runde, leicht geblendet vom grellen Licht der Scheinwerfer. „Schon alles durchsucht hier, den Stall, die Scheune, die Hütte da hinten?“, fragte er.

„Nein, wir dachten, oh Mist, verdammter.“

Bischoff drehte ab, um Schubert, dem Einsatzleiter der Schutzpolizei, entsprechende Anweisungen zu geben. Gruber warf einen Blick in den

BMW, von dem kaum eine Fensterscheibe heil geblieben war. Das gelbe Leder der Vordersitze war blutverschmiert und mit winzigen Glaspartikeln übersät. Auf dem Boden vor dem Beifahrersitz lag eine Aktentasche.

Niedermaier steckte seinen Fotoapparat weg und wandte sich Gruber zu.

„Servus Andreas“, sagte er. „Also, wenn du mich fragst, hätte der tot sein müssen.“

„Schön für ihn, aber was haben wir Schönes?“

„Vorläufig noch gar nichts“, ergänzte Kleinert. „Nicht mal Patronenhülsen …“

„Was ist mit den Projektilen?“

„Eins steckt in der Kopfstütze vom Fahrersitz, eins in der Türverkleidung rechts hinten. Werden wir gleich rausholen.“

„Sonst noch was, Schuhabdrücke vielleicht?“

„Im feuchten Gras ...?“

Kleinert deutete in das Innere der Garage. „Übrigens, wir haben die Kiste da rausgeholt. Wahrscheinlich hatte er das Automatikgetriebe auf Drive gestellt und den Fuß auf der Bremse, als es passiert ist.“

„Verstehe …“

Erst jetzt bemerkte Gruber den blutigen Fingerabdruck am Handschuhfach. Er öffnete das Fach; drinnen lag, halb verdeckt von allerhand

Krimskram, eine kleine Pistole. Er winkte Niedermaier und Kleinert heran.

„Sieht mir nach einer Walther PPK aus“, sagte Niedermaier, nahm die Waffe heraus und überprüfte das Magazin. Es war voll geladen.

Bischoff tauchte wieder auf, neben sich Schubert.

„Die Tatwaffe?“, fragte sie.

„Leider nein. Lag im Handschuhfach …“

Schubert hielt eine Straßenkarte in der Hand.

„Wir haben jetzt über zwanzig Streifenwagen im Einsatz“, erklärte er. „Wenn wir nur wüssten, wonach wir suchen sollen. Wir wissen ja nicht einmal, ob Mann oder Frau.“

„Halten Sie doch alles auf, was sich bewegt, und notieren Sie sich die Namen der Insassen“, erwiderte Gruber. „Aussortieren können wir später.“

„Sollen wir auch Straßensperren errichten lassen, was meinen Sie?“

„Warum nicht? Außerdem würde ich vorschlagen, hier alles zu durchsuchen und auch die nähere Umgebung durchzukämmen. Könnte ja sein, dass der Killer sich irgendwo versteckt hält und warten möchte, bis sich die Aufregung gelegt hat.“

Schubert sah nicht glücklich aus. „Wenn das mal gut geht“, murmelte er, während er sich argwöhnisch umschaute.

„Was ist denn mit den Spürhunden?", fragte Bischoff.

„Habe ich schon angefordert", erwiderte Schubert. „Das kann aber noch dauern ..."

„Was halten Sie davon?", fragte Bischoff, nachdem Schubert außer Hörweite war.

„Schwer zu sagen. Vielleicht ein Raubüberfall, schon wegen der Pistole. Aber dazu müssten wir erst wissen, ob er seine Wertsachen noch hat. Was, sagten Sie noch mal, ist er von Beruf?"

„Finanzmakler. Anlagenberatung und so."

„Na ja, vielleicht hat er auch jemanden so schlecht beraten, dass der jetzt so sauer auf ihn ist, dass er ihn umbringen wollte ..."

„Und dann in der Aufregung daneben geschossen hat", ergänzte Bischoff. „Aber gleich vier Mal?"

„Warum nicht? Alles schon da gewesen."

„Kann natürlich auch sein, dass er gar nicht die Absicht hatte, ihn umzubringen", sagte Bischoff dann.

Sie bemerkte Grubers ungläubige Miene. „Ich versuche nur, den Fall von allen Seiten zu beleuchten", fügte sie etwas lahm hinzu.

„Reden wir mit seiner Frau", sagte Gruber. „Dann sehen wir weiter."

# 4

Am Krankenhaus in Traunstein angekommen, parkte Gruber direkt vor dem Haupteingang ein und wartete an der Tür, bis seine Kollegin heran war. Er hatte unterwegs mächtig gegen seine Müdigkeit ankämpfen müssen und fühlte sich miserabel. Zumal ihm klar war, dass der Abend noch lang werden könnte. Aber vielleicht hatten sie ausnahmsweise mal Glück, tröstete er sich. Vielleicht hatte Hauser den Schützen erkannt, der Zugriff hatte Erfolg, und sie konnten den Fall schon in wenigen Stunden abschließen.

Eine Nachfrage am Empfang ergab, dass Hauser noch operiert wurde. Sie liefen wortlos die Treppe zu den OP-Sälen hoch, wo im Flur eine Frau einsam auf einem Stuhl hockte. Beim Anblick der Beamten sprang die Frau auf und blickte ihnen erwartungsvoll entgegen. Gruber musterte sie kurz. Eine noch recht attraktive Blondine von schätzungsweise Mitte vierzig mit leicht ausladender Figur und augenblicklich ziemlich zerzaustem Haar. Bekleidet mit einem rosafarbenen Hausanzug, der nun an allen möglichen Stellen mit Blut beschmiert war. Als wäre sie gerade einem Horrorfilm entsprungen.

„Frau Hauser, nehme ich an?“, sagte Gruber.

Die Frau nickte nur.

„Mein Name ist Gruber, Kripo Traunstein. Das hier ist meine Kollegin Bischoff …“

„Wissen Sie schon was Näheres?“, fragte sie. „Ich meine, haben Sie schon eine Spur vom Täter?“

„Die Fahndung läuft auf Hochtouren“, erwiderte Gruber ausweichend. „Wir tun, was wir können.“

„Also nichts?“

Gruber ging nicht darauf ein. Sein Blick fiel auf einen durchsichtigen Plastikbeutel, der hinter der Frau auf dem zweiten Stuhl lag. Gefüllt mit dem, was er für Hausers Utensilien hielt: Schlüsselbund, Armbanduhr, Brieftasche, Notizbuch, Papiertaschentücher, Kugelschreiber.

Er deutete auf den Beutel.

„Sind das da die Sachen Ihres Mannes?“

„Ja …“

„Fehlt denn irgendetwas? Geld, Kreditkarten, Münzen, Schmuck?“

Die Frau schüttelte den Kopf.

„Einen Raubüberfall oder dergleichen können wir also ausschließen“, sagte Gruber zu Bischoff.

„Wie steht es denn um Ihren Mann?“, fragte Bischoff die Frau.

„Er wird immer noch operiert.“

Gruber warf einen Blick auf seine Armbanduhr. „Ich dachte, es wäre nur halb so schlimm?“

„Das stimmt schon. Aber er hat auch ein paar Glassplitter ins linke Auge abbekommen, die jetzt noch entfernt werden, und das dauert.“

„Verstehe.“

„Könnten Sie uns kurz schildern, was Sie mitbekommen haben?“, fragte Bischoff.

„Und wenn's geht, im Sitzen“, ergänzte Gruber, der plötzlich eine bleierne Schwere in den Beinen verspürte.

„Ja, natürlich.“ Frau Hauser nahm den Plastikbeutel an sich.

Sie fanden gleich um die Ecke eine Reihe weiterer Stühle und setzten sich, mit Frau Hauser in ihrer Mitte, in einen Halbkreis. Die Frau strich sich mit den Fingerspitzen übers Haar und lächelte Gruber zaghaft an. „Ich muss furchtbar aussehen“, sagte sie. „Aber ich wollte unbedingt mit. Auch wenn ich normalerweise kein Blut sehen kann.“

„Kein Problem“, erwiderte Gruber.

„Soll ich Ihnen vielleicht einen Kaffee besorgen?“, fragte Bischoff. „Hier ist doch sicher irgendwo ein Automat.“

Frau Hauser winkte ab. „Nein, nein. Es geht schon … Ich war im Wohnzimmer und hab ferngesehen", begann sie, leicht zögerlich. „Ich habe seinen Wagen kommen gehört, habe gehört, wie er vor der Garage gestoppt hat, ja, und gleich darauf hat es einen dumpfen Knall gegeben. Dass es ein Schuss sein könnte, daran habe ich zuerst gar nicht gedacht. Erst als es nochmals geknallt hat, noch drei Mal, um genau zu sein, war mir klar, dass hier jemand auf meinen Mann geschossen hat."

„Und dann?", fragte Gruber.

„Bin ich sofort raus …"

Gruber blickte die Frau verwundert an. „Einfach so. Obwohl Ihnen klar war, dass draußen geschossen wurde?"

„Hatten Sie denn keine Angst?", fügte Bischoff hinzu.

„Ich wollte ihm helfen", war die leicht empörte Antwort. „Da denkt man vielleicht nicht so rational."

„Natürlich. Und dann?"

„Nichts, wenn Sie meinen, ob ich jemanden gesehen habe …"

Schritte näherten sich, gleich darauf bog ein grünlich bekleideter Mann mittleren Alters mit erschöpftem Gesichtsausdruck um die Ecke. Er blieb vor ihnen stehen und blickte sie der Reihe nach fragend an.

„Kriminalpolizei", erklärte Gruber und erhob sich.

„Wir sind jetzt fertig", erklärte der Grünkittel. „Der Rest fällt dann eher in den plastisch-chirurgischen Bereich."

„Wann können wir mit ihm sprechen?"

„Nicht vor morgen früh. Er hat einen Schock erlitten und braucht jetzt vor allem Ruhe."

„Unmöglich", erwiderte Gruber heftig. „Da draußen läuft ein Killer herum, und Herr Hauser kann uns vielleicht sagen, wer es ist. Oder uns zumindest eine Beschreibung von ihm liefern."

Der Arzt schüttelte den Kopf. „Tut mir leid, aber Herr Hauser hat ein Schlafmittel bekommen und schläft bereits."

„Warten Sie, Herr Kommissar", unterbrach Frau Hauser den Disput. „Ich kann Ihnen zumindest sagen, warum auf ihn geschossen wurde."

Alle Blicke richteten sich auf sie.

„Ach ja?", meinte Gruber. „Und das fällt Ihnen jetzt erst ein?"

„Tut mir leid, aber in der Aufregung. Er hat in den letzten Wochen Drohbriefe erhalten. Anonyme Drohbriefe. Von jemandem, der glaubt, dass er ihn betrogen hat."

„Und, hat er?"

Die Frau hob die Schultern und verzog das

Gesicht. „Das weiß ich nicht. Ich habe von seinen Geschäften keine Ahnung."

„Und wie war seine Reaktion?"

„Er hat gelacht darüber. Hat nur gemeint, Hunde, die bellen, beißen nicht …"

„Was ihn aber nicht davon abgehalten hat, mit einer geladenen Pistole spazieren zu fahren?"

„Die hat er immer dabei. Aber er hat einen Waffenschein. Er ist Jäger …"

„Ach so, das erklärt natürlich alles …"

„Also dann, bis morgen." Der Arzt machte auf dem Absatz kehrt und verschwand um die Ecke.

„Diese Briefe, die haben Sie doch noch, oder?", fragte Gruber.

„Ich glaube schon. Kann aber auch sein, dass er sie weggeworfen hat."

Bischoff fixierte den Plastikbeutel auf Frau Hausers Schoß. „Das schwarze Büchlein da sieht aus wie ein Terminkalender. Dürften wir da mal einen Blick hineinwerfen?"

Frau Hauser zögerte kurz, griff dann in den Beutel, holte den Kalender heraus und übergab ihn Bischoff. Gruber schaute ihr über die Schulter zu.

„Er hatte heute Abend um zwanzig Uhr einen Termin, in der Hochfelln-Klause. Mit einem gewissen Klaus Eckstein", erklärte Bischoff, nachdem sie die aktuellen Einträge im Kalender durchgesehen hatte.

Gruber straffte sich und lief ein paar Schritte auf und ab. Seine Müdigkeit war plötzlich wie weggeblasen. Endlich ein konkreter Hinweis. Was diese Drohbriefe betraf, hielt er es insgeheim mit Hauser. Ein Mord wurde höchst selten angekündigt. Aber wenn eine Figur wie dieser Eckstein ins Spiel kam, war alles drin. Vielleicht sogar die Chance, den Mann endlich dranzukriegen.

„Schau an, schau an …“, murmelte er vor sich hin.

„Kennen Sie den Mann?“, fragte Bischoff.

„Ja. Ein ziemlich übler Bursche. Betreibt in Rosenheim eine Discothek und ein paar Spielhallen. Wir haben ein paar Mal ermittelt gegen ihn. Drogendelikte und Verdacht auf Menschenhandel.“

„Und?“

„Nichts. Alles im Sand verlaufen …“

Gruber wandte sich an Frau Hauser. „Hat er Ihnen von diesem Termin erzählt?“

„Nein. Ich habe Ihnen doch gesagt …“

„Ja, ja, schon gut.“

Grubers Handy klingelte. Es war Schubert, der ihm mit hörbarer Erleichterung in der Stimme erleichtert mitteilte, dass man die Durchsuchung von Hausers Anwesen gerade abgeschlossen habe. Leider ergebnislos, weit und breit keine Spur vom Täter. Wäre auch zu schön gewesen, dachte Gruber. Zugleich wollte Schubert wissen, wie lange sie die Fahndungsmaßnahmen noch aufrecht erhalten sollten. Wo doch der Täter inzwischen längst über alle Berge sein müsste. Gruber hatte Mühe, seinen Ärger zu unterdrücken. Er verstand natürlich, dass kein Kollege scharf darauf war, bei Nacht und Nebel jemanden zu jagen, von dem keiner wusste, wie er aussah. Und der vermutlich ohne zu zögern von seiner Waffe Gebrauch machen würde. Andererseits war dies nun mal ihr Job, ihr Berufsrisiko. Er sagte: „Dieser Mensch, wer immer es sein mag, war so blöd, dass er aus nächster Nähe vier Mal danebengeschossen hat. Also ist er vielleicht auch so blöd und hängt noch irgendwo rum und wartet nur darauf, dass wir ihn kassieren."

„Schon gut", erwiderte Schubert. „War ja nur eine Frage."

Gruber steckte sein Handy ein und wandte sich Frau Hauser zu. „Kommen Sie allein zurecht? Ich werde auf jeden Fall veranlassen, dass die Nacht über ein Streifenwagen bei Ihnen am Hof postiert wird ..."

Die Frau nickte nur.

„Okay, fahren wir“, sagte Gruber.
„Nach Rosenheim?“, fragte Bischoff.
„Sie haben's erfasst.“

## 5

Gruber stellte seinen Peugeot auf dem Parkplatz der Polizeidirektion ab, nahm schnell noch eine CD aus dem Handschuhfach und zwängte sich dann zu Bischoff in den Roadster. Nicht gerade ein Wagen nach seinem Geschmack, zu eng, zu niedrig, zu laut, aber immer noch besser, als selber die Augen offen halten zu müssen. Er schob ohne zu fragen die CD ein, „The Best of Wojciech Kilar", und versuchte, erst einmal an gar nichts zu denken. Gab sich ganz der schwermütigen Klaviermusik hin, die seine Stimmung unterstrich und ihm dennoch gut tat. Nicht so Bischoff, die ihm ständig nervöse Blicke zuwarf.

„Ist was?", fragte er schließlich.

„Sie waren heute doch in Memmingen, oder?"

Mit einem Seufzer kam Gruber aus seinem Sitz hoch, drehte den Ton leiser und rieb sich die Augen. Sie befanden sich bereits kurz vor Siegsdorf, wenige Meter vor der Zufahrt zur Autobahn. Er wartete, bis Bischoff sich in den Verkehr eingefädelt hatte, und berichtete dann mit knappen Worten von seinem Besuch in Memmingen. Von der Spur, die sich wieder einmal als Sackgasse erwiesen hatte.

„Ich habe die Sache bis vor kurzem nur aus der

Ferne verfolgt", sagte Bischoff daraufhin, „aber ich kann einfach nicht glauben, dass es in allen drei Fällen absolut keine Hinweise auf den Täter gibt."

„Ist aber so", erwiderte Gruber mürrisch. „Beim ersten Fall, bei dieser Martina Kaiser aus Mühldorf, dachten wir noch, dass der Kerl einfach eine Ausnahme ist, und leider kein so Idiot wie die meisten, die ihre Leichen irgendwo im Gebüsch abladen und sich dabei auch noch zuschauen lassen."

„Das war im August fünfundneunzig, oder?"

„Richtig. Wir haben über zweihundert Leute verhört, sind unzähligen Hinweisen nachgegangen, aber nichts. Das Mädchen war und blieb wie vom Erdboden verschluckt. Einfach von der Schule nicht nachhause gekommen, aus."

„Schrecklich. Vor allem auch für die Angehörigen, die mit dieser Ungewissheit Tag für Tag leben müssen."

Gruber nickte grimmig. „Allerdings. Aber als dann im September zweitausendzwei die ebenfalls zwölfjährige Steffie Rosenmüller aus der Nähe von Tittmoning beim Spielen an der Salzach spurlos verschwand und wir nach Monaten immer noch mit absolut leeren Händen dastanden, war uns klar, dass hier ein Serientäter am Werk ist. Und zwar einer, der verdammt clever ist und keinen Wert auf irgendwelche perversen Spielchen legt, so wie im Kino, wo diese Typen die Bullen immer zu einer Art Wettkampf herausfordern …"

„Indem sie zum Beispiel anhand der Opfer oder ihrer Mordmethoden Hinweise auf ihre Motive geben", ergänzte Bischoff.

Gruber nickte heftig. „Genau von diesem Schwachsinn reden wir. Was sich jetzt im Fall der dreizehnjährigen Alexandra Huber aus Reit im Winkl auch bestätigt hat.

Inzwischen sind acht Wochen vorbei, seit sie nach dem Besuch bei einer Freundin nicht mehr gesehen wurde, und wir haben nichts." Er schlug mit der Faust aufs Armaturenbrett. „Nichts und wieder nichts, verdammt nochmal."

„Sie sind also überzeugt davon, dass es sich in allen Fällen um ein- und demselben Täter handelt?"

„Mit Sicherheit."

„Hm, wenn keine Leichen aufgetaucht sind, wäre es theoretisch doch möglich, dass die Opfer noch am Leben sind, oder zumindest das letzte, diese Alexandra. Ich meine, denken Sie nur an diese Geschichte in Österreich. Über acht Jahre in einem Keller gefangengehalten."

„Kann sein, ja …" Gruber schluckte schwer. „Ich frage mich nur, was schlimmer wäre."

„Was sagt denn Ihr Täterprofil aus, soweit vorhanden?“

„Alleinstehend, zwischen fünfundzwanzig und fünfzig, introvertiert, unauffällig, hilfsbereit, der nette, etwas verschrobene Herr von nebenan.“

„Aber gerissen und absolut skrupellos, wenn es zur Sache geht …?“

Gruber nickte nur.

„Und mit einem Haus mit Keller, falls er sie wirklich für eine Weile gefangen hält?“

„So ungefähr.“

„Mein Gott, dann müsste man ja jeden Mann im entsprechenden Alter und mit Hausbesitz im Raum Oberbayern überprüfen?“

„Ja. Und das auf einen Schlag, in einer einzigen Nacht, wenn es was bringen soll …“

„Wahnsinn.“

Gruber blickte zu einem Hinweisschild hoch und hob die Hand. „Wir fahren bei der nächsten Ausfahrt raus …“, bestimmte er.

„In Übersee? Wieso?“

„Wir schauen erst bei dieser Hochfelln-Klause vorbei. Kann nicht schaden, wenn wir erfahren, was er dort gemacht hat. Wenn er überhaupt dort war.“

## 6

Von Gruber dirigiert, lenkte Bischoff schon nach wenigen Minuten den Roadster über den kiesbestreuten Parkplatz der Klause, einem langgezogenen, fensterlosen Flachbau in unmittelbarer Nähe zur Autobahn. Sie stoppte direkt vor dem Eingang, stellte den Motor ab und blickte Gruber leicht irritiert an.

„Ich dachte, das wäre irgend so ein uriges Gasthaus“, sagte sie. „Aber das schaut mir eher nach einem Lagerhaus aus …“

„War es auch mal, in den siebziger Jahren. Dann ein Teppichladen, ein Getränkegroßhandel und später hat mal so ein Depp versucht, hier einen Swingerclub aufzuziehen.“

„Und was erwartet uns jetzt?“

„Im Augenblick machen hier ein paar Münchner Typen auf exklusiven Nachtclub. Wobei allerdings allein die Preise exklusiv sind.“

„Sie hatten hier schon mal zu tun, hm?“

„Flüchtig …“

Sie stiegen aus und gingen zum Eingang, einer massiven Metalltür ohne Klinke. Gruber drückte auf den seitlich von der Tür angebrachten Klingelknopf, holte gleichzeitig seinen Ausweis heraus und hielt ihn nach oben, ins Auge der über der

Tür installierten Videokamera. Gleich darauf standen sie im Foyer des Etablissements, einem rechteckigen, vollkommen leeren Raum mit Betonboden, wo eine hölzerne Schwingtür in den Servicebereich führte, mit einer Tanzbühne und den ringsum gruppierten Sitznischen im Hintergrund.

Gruber und der Barkeeper, ein unauffälliger Glatzkopf Ende vierzig mit Bauchansatz, kannten sich.

„Herr Kommissar, was für eine Ehre", säuselte er. „Und heute in so reizender Begleitung ..."

Gruber und Bischoff blieben an der Theke stehen und schauten sich um. Soweit sie erkennen konnten, befanden sich nur wenige Gäste in dem spärlich beleuchteten Raum. Ausschließlich Männer gesetzteren Alters, die dem nicht gerade aufreizend hingelegten Striptease einer blutjungen Asiatin zuschauten, zu dem „Lay, Lady, Lay", interpretiert von Isaac Hayes, erklang.

„Das ist übrigens Herr Penzkofer", erklärte Gruber. „Das Einzige, was für ihn spricht, ist, dass er mal Drummer bei einer richtig guten Rockband war. Und einen vergleichsweise guten Musikgeschmack hat."

„Sie machen mich richtig verlegen, Herr Kommissar."

„Das hoffe ich doch …“

„Darf ich fragen, was Sie hergeführt hat?“, fragte Penzkofer. „Es gibt doch hoffentlich keinen Ärger?“

Gruber legte Hausers Passbild auf den Tresen. „War dieser Mann heute Abend hier?“

„Nicht nur heute Abend“, war die Antwort.

„Herr Hauser ist also sozusagen Stammgast hier?“

Der Barkeeper nickte.

„Hatte er heute dabei zufällig Gesellschaft? Männlich, Ende dreißig, blond, eine Narbe an der Stirn, Typ gehobener Zuhälter?“

„Und wie!“

„Wie was?“

„Wie Stress, Ärger, Streit. Die haben sich ganz schön angegiftet, die zwei …“

Gruber und Bischoff wechselten einen Blick.

„Schau an.“

„Haben Sie zufällig auch den Grund dafür mitbekommen?“, fragte Bischoff.

Der Barkeeper hob abwehrend die Hände. „So gerne ich Ihnen weiterhelfen würde, tut mir leid. Ich weiß nur, dass Typ Zuhälter als erster weg ist und die Rechnung Herrn Hauser überlassen hat … Darf ich fragen, was passiert ist ?“

„Fragen dürfen Sie“, erwiderte Gruber.

Penzkofer kräuselte beleidigt die Lippen.

„Habe ich das verdient?", nuschelte er. „Ich dachte immer, Sie halten mich für einen ehrlichen Staatsbürger, soweit man das in dieser meiner Branche sein kann."

Gruber sagte nichts, abgelenkt durch die Musik. Ein Song von Bob Dylan als Untermalung für einen Striptease! Er schüttelte angewidert den Kopf. Hörte kaum hin, als Penzkofer weiter auf Konversation machte: „Hey, Commissario, haben Sie nicht mal erwähnt, dass Sie auch auf Fehmarn waren, beim letzten Konzert von Jimi Hendrix?"

Gruber steckte Hausers Bild wieder ein. „Ja, wieso?"

„Na ja, heute Abend war ein Typ hier, der auch dort war. Hat er jedenfalls behauptet."

„Tatsächlich?"

Gruber blieb unschlüssig stehen. Erinnerungen drängten sich auf. An Dreck, Regen, Feuer und Chaos. An Menschenmassen wie auf der Flucht aus einem Katastrophengebiet. An Walter Schott, seinen besten Freund, der wie üblich die Übersicht behalten hatte und sie beide sicher durchgelotst hatte.

Penzkofer spürte Grubers Interesse und holte weiter aus: „Wir haben uns über Musik unterhalten", sagte er, „über Clapton, Jeff Beck und Jimi

Hendrix, und da hat er erzählt, dass er ihn ein Mal live erlebt hätte, eben auf Fehmarn. Muss ja echt ein aufregendes Ding gewesen sein …"

War es auch, dachte Gruber. Eine einzige große Scheiße. Und ein Riesenabenteuer dazu.

„Wie hat er denn ausgesehen?", fragte er.

Der Barkeeper blickte kurz in Richtung der Stripperin, die zwischenzeitlich die Bühne verlassen und sich einem der Gäste auf den Schoß gesetzt hatte. Er zog kurz die Augenbrauen hoch, ganz so, als gefiele ihm etwas nicht, ehe er sich wieder Gruber zuwandte. „Tja, wie hat er ausgesehen? Er hat mich irgendwie an einen Schauspieler erinnert, an diesen Typen, der im Weißen Hai den Polizeichef gespielt hat."

„Habe ich nie gesehen. Ich mag keine Horrorfilme …"

„Ansonsten ... schlank, drahtige Figur, etwa in Ihrem Alter, würde ich sagen. Aber noch besser erhalten."

„Das hört man gerne", sagte Gruber. „Sonst noch was, womit Sie mir eine Freude machen könnten?"

„Einen Kaffee? Espresso?"

Gruber nickte. „Gute Idee. Warum haben Sie das nicht gleich vorgeschlagen?"

„Die Dame auch?" Der Barkeeper blickte fragend zu Bischoff. „Geht selbstverständlich aufs Haus."

„Was war denn so Besonderes auf Fehmarn?", fragte Bischoff, während sich Penzkofer an der Kaffeemaschine zu schaffen machte.

„Ein Popfestival, das gründlich in die Hose gegangen ist. Das reinste Chaos. Erst hat es dauernd geregnet, dann haben die Rocker, die eigentlich als Schutztruppe fungieren sollten, durchgedreht und jede Menge Schlägereien angezettelt, dazu Brandstiftung und so weiter. Und Hendrix hat die wohl schlechteste Show seiner Karriere geboten. Die damit ja auch zu Ende war."

„Und Sie mittendrin, oder wie?"

„So ist es …"

„Und wie alt waren Sie da?"

„Sie haben keine Ahnung, wann Hendrix gestorben ist, wie?"

Bischoff zuckte mit den Schultern. „Nicht meine Musik, offen gesagt."

Sie nahmen ihren Kaffee in Empfang. Gruber warf ein paar Zuckerwürfel in seine Tasse und unterdrückte ein Gähnen.

Bischoff warf ihm einen besorgten Blick zu.

„Alles in Ordnung mit Ihnen. Sie sehen wirklich nicht gut aus …"

Gruber winkte ab.

# 7

Der Verkehr auf der Autobahn war weiterhin kaum der Rede wert, und so dauerte es keine halbe Stunde, bis sie die Discothek erreicht hatten; einen massiven, mehrstöckigen Klotz in einem Industriegebiet im Südosten Rosenheims. Bischoff drehte im Schritttempo eine Runde über den weitläufigen, knapp zur Hälfte belegten Parkplatz, und blickte sich dabei prüfend um. Gruber gähnte eine Runde.

„Ich glaube, in dem Jeep da drüben läuft was“, sagte sie, nachdem sie nicht weit vom Eingang entfernt gestoppt hatte.

Gruber starrte trübsinnig zu dem Wagen. Ein dunkelgrüner Range Rover mit eingeschalteter Innenbeleuchtung, in dem ein paar Köpfe zusammensteckten. Ganz schön unverfroren, fand er.

„Lassen Sie's laufen“, erwiderte er.

Bischoff stellte den Motor ab und sie stiegen aus. Vor dem Eingang staute sich eine Traube junger, nachlässig gekleideter Männer, verwickelt in einen Disput mit dem Türsteher, einem Zweimeterschrank von Kerl. Gruber drängelte sich durch, dicht gefolgt von Bischoff.

Der Türsteher war ein Trottel. „Verlaufen, Paps?“, rief er zur Freude der Umstehenden.

Gruber hielt dem Mann seinen Ausweis unter die Nase.

„Wenn du jemandem da drinnen mitteilst, dass wir im Anmarsch sind, komme ich wieder und reiß dir den Kopf ab. Haben wir uns verstanden?"

„Alles klar, Mann. War nicht persönlich gemeint."

„Es ist immer persönlich gemeint, du Pfeife, merk dir das."

Sie stiegen die Metalltreppe hoch, die in die Tanzhalle führte, einem riesigen Raum mit mehreren Tanzflächen auf verschiedenen Ebenen. Dort war es höllisch laut und relativ voll, doch niemand schenkte ihnen groß Beachtung. Lediglich Gruber fing sich ein paar amüsierte Blicke ein. Sie kämpften sich durch die Menge, bis Gruber an einer Tür im rückwärtigen Teil mit der Aufschrift „Privat" Halt machte. Einer Tür, die im nächsten Augenblick von innen aufgerissen wurde; sichtbar wurde ein blonder, kompakt gebauter Mann von Ende dreißig mit einer Narbe an der Stirn, der die Beamten verdutzt anstarrte.

„Wollen Sie irgendwohin, Herr Eckstein?", fragte Gruber.

Der Blonde schüttelte verwirrt den Kopf und spähte über Grubers Schulter in die Tiefe des Raums. Dann trat er beiseite und winkte sie in sein Büro. „Kommen Sie schon rein. Muss ja nicht jeder mitkriegen, dass Sie schon wieder hier sind.“

Eckstein drückte hinter Gruber und Bischoff die Tür zu und deutete auf die zwei Stühle, die vor einem Schreibtisch platziert waren. Ansonsten glich der Raum einem schlampig geführten Büro, das zugleich als eine Art Wohnzimmer diente. Überall standen leere Tassen und Flaschen umher, im Mülleimer in der Ecke häuften sich Schnellimbissverpackungen.

„Haben Sie eigentlich nichts Besseres zu tun, als mir ständig auf den Sack zu gehen?“, fragte Eckstein „Soviel ich weiß, läuft da draußen immer noch ein Mädchenmörder frei herum. Wär's da nicht besser, Sie würden Ihre Energien auf diesen Fall konzentrieren, statt mitten in der Nacht harmlose Bürger zu belästigen?“

„Es gibt keine harmlosen Bürger“, erwiderte Gruber. „Es gibt nur Leute, die wir noch nicht erwischt haben. Leute wie Sie zum Beispiel ...“

„Herrgott, Sie sind vielleicht nachtragend.“

„Ich bin überhaupt nicht nachtragend. Es fällt mir nur schwer, irgendwelche Schweinereien ad acta zu legen, nur weil mir die Beweise fehlen.“

„Tja, wie heißt es so schön: Nur in einem Polizeistaat ist die Polizeiarbeit einfach ...“

Eckstein warf sich in seinen überdimensionierten Schreibtischstuhl, steckte sich eine Zigarette an und spielte den Gelangweilten. Gruber nahm ebenfalls Platz. Bischoff blieb an die Tür gelehnt stehen.

„Also, dürfte ich dann gnädigerweise erfahren, um was es dieses Mal geht, bevor ich meinen Anwalt verständige?“, fragte Eckstein.

„Selbstverständlich. Aber erst erzählen Sie uns ein bisschen was von Gerhard Hauser …“

„Gerhard Hauser? Kenne ich nicht.“

Gruber stieß einen Seufzer aus. „Hören Sie, es ist spät und ich bin müde. Also wenn Sie weiterhin den Clown spielen möchten, bitte sehr. Dann nehmen wir Sie auf der Stelle wegen Mordverdachts fest und Sie können den Rest der Nacht in einer Zelle verbringen, während meine Kollegen den Laden hier auf den Kopf stellen.“

Eckstein blickte leicht erschrocken auf. „Mordverdacht? Sind Sie jetzt total übergeschnappt?“

Gruber nickte. „Mordverdacht, richtig …“

„Heißt das vielleicht, der Hauser ist tot, ermordet oder was?“

„Ich warte …“

Eckstein drückte seine Zigarette aus, sprang dann unvermutet auf und holte eine Flasche Whisky und ein Glas aus einem Regal. Er schenkte sich kräftig ein, kippte das Zeug mit zwei, drei Schlucken hinunter.

„Okay, dann erklären Sie mir mal, wieso ich einen Mann umbringen sollte, der mir Geld schuldet? Und versprochen hat, es auch zurückzuzahlen“, sagte er.

„Geld, das Hauser für Sie investieren sollte, richtig?“, fragte Bischoff.

„Genau. Leider habe ich zu spät erfahren, dass seine Geschäftspraktiken nicht die allerseriösesten sind.“

„Ganz im Gegensatz zu den Ihrigen, versteht sich!“, merkte Gruber an.

Eckstein verzog das Gesicht und sagte nichts.

„Und wieso dann der Streit heute Abend?“, fragte Bischoff.

„Alle Achtung, Sie sind ja bestens informiert ...“ Eckstein setzte sich wieder und spielte mit einem Kugelschreiber. „Na ja, er wollte mich erst hinhalten, hat mir alle möglichen Sicherheiten versprochen und so weiter, aber mein Entschluss stand fest. Und das wollte er anfangs partout nicht einsehen. Also habe ich ihm aufgezählt, was ich, rein theoretisch natürlich, alles unternehmen könnte, um wieder an mein Geld zu kommen.“

„Und dann?“, fragte Gruber.

„Hatte er's endlich kapiert ...“

„Das glaube ich gerne. Aber eigentlich wollte ich wissen, was Sie anschließend gemacht haben?"

„Ich bin auf kürzestem Weg hierher gefahren, was sonst. Können Sie alles nachprüfen. Was ist denn nun mit Hauser? Ist er jetzt tot oder doch nicht?"

„Jemand hat ihm auf seinem Bauernhof vor der Garage aufgelauert und vier Mal auf ihn geschossen."

„Und?"

„Was schätzen Sie?"

„Keine Ahnung."

„Er hat wundersamer Weise überlebt, hat nur ein paar Kratzer abbekommen. Sie haben also noch gute Chancen, Ihr Geld zurückzubekommen."

„Na, da bin ich aber froh ..."

„Aber auch nicht sonderlich überrascht, wie ich sehe. Ich meine, dass auf jemanden geschossen wird, kommt ja nicht alle Tage vor. Jedenfalls nicht hier bei uns im schönen Chiemgau."

„Wieso sollte ich überrascht sein? Sie haben doch eben selbst gesagt, dass hinter jedem braven Bürger ein Verbrecher steckt ..."

„Andererseits, wer sagt uns denn, dass Ihr Gespräch mit Hauser nicht ganz anders verlaufen ist", meldete sich Bischoff nochmals. „Vielleicht hat er sich geweigert und Sie wollten ihn deswegen ein bisschen erschrecken."

Eckstein lachte ihr ins Gesicht. „Tolle Theorie! Für was halten Sie mich? Sehe ich so aus, als könnte ich als Kunstschütze im Zirkus auftreten?“

„Für was wir Sie halten, behalten wir lieber für uns“, sagte Gruber abschließend.

„Wir melden uns wieder. Und Sie bleiben vorerst im Lande, verstanden?“

„Immer zu Diensten, Herr Kommissar.“

Gruber erhob sich und wandte sich zur Tür, doch Bischoff hielt ihn auf.

„Eine Frage hätte ich noch“, sagte sie.

Eckstein nickte unwillig.

„Wollte Hauser nicht zahlen, weil er vielleicht nicht kann? Weil er vielleicht in finanziellen Schwierigkeiten steckt?“

„Keine Ahnung. Aber eher nicht, würde ich mal sagen.“

„Danke.“

Gruber öffnete die Tür und sie traten in das Getöse und Geflimmer hinaus.

# 8

Mist, verdammter! Mit einem Fluch sprang Gruber aus dem Bett. Schon zehn nach zwölf, wie konnte das sein? Er hatte den Wecker als auch das Wecksignal im Handy auf neun Uhr eingestellt. Beides überhört, so ein Mist. Gleichzeitig registrierte er Telefonklingeln. Der Festnetzapparat. Er tappte die Treppe hinunter und hob ab.

Es war Bischoff.

„Wo bleiben Sie denn?“, fragte sie mit genervter Stimme. „Wir haben um eins eine Pressekonferenz.“

„Hab verschlafen“, erwiderte er. „Gibt es was Neues?“

„Nein, nicht direkt.“

„Sie waren nicht bei Hauser im Krankenhaus?“

„Nein. Aber ich habe mit ihm telefoniert. Nichts von Bedeutung. Auch nicht, was diese Drohbriefe angeht.“

„Hm …“

„Ich weiß, da müssen wir auf jeden Fall nachhaken. Aber ich musste auch noch zusehen, dass ich mit den Leuten vom Regionalfernsehen klarkomme. Die waren schon in aller Frühe am Tatort und wollten unbedingt eine Stellungnahme vor Ort. War übrigens mein erster Auftritt im Fernsehen.“

„Ich bin sicher, Sie haben sich gut geschlagen", erwiderte Gruber, froh darüber, dass ihm zumindest diese Aufgabe erspart geblieben war.

„Na ja, Sie können es ja gleich überprüfen. Soll in wenigen Minuten laufen ..."

„Okay, dann übernehmen Sie bitte auch die Pressekonferenz und wir treffen uns im Krankenhaus."

Er legte auf, ohne eine Antwort abzuwarten. Er duschte kurz, verzichtete aufs Rasieren, putzte sich nur ausgiebig die Zähne. Zurück im Wohnzimmer, schaltete er den Fernseher ein und setzte noch schnell die Kaffeemaschine in Gang, ehe er wieder nach oben lief und sich anzog. Wobei er ausnahmsweise ein weißes Hemd und dazu eine Krawatte wählte. Verdammte Presse! Wenn er Pech hatte, waren die Typen bereits bei Hauser im Krankenhaus gewesen. Oder würden ihm dort zumindest über den Weg laufen. Verdammt und zugenäht, das würde wieder ein gefundenes Fressen für die sein. Jetzt auch noch ein Mordanschlag, und sie hatten nichts, was sie als Erfolg verkaufen könnten. Keinen Verdächtigen, keine heiße Spur, nichts. Genau wie im Fall der kleinen Alexandra Huber, von den beiden anderen Mädchen ganz zu schweigen. Also würde es erneut Fragen und Vorwürfe hageln.

Er setzte sich mit einer Tasse Kaffee und einer Schale mit Müsli vor den Fernseher, gerade noch rechtzeitig, um die Überleitung vom Studio zum Tatort mitzukriegen. Nach einem kurzen Kameraschwenk über den Hof von Hausers Anwesen stand die blonde Moderatorin nun an der Ecke der Garage, von der aus die Schüsse vermutlich abgefeuert worden waren. Mit betont ernstem Gesichtsausdruck blickte sie in die Kamera.

„Genau hier an dieser Stelle hat gestern Abend gegen zwanzig Uhr dreißig ein bislang unbekannter Schütze vier Schüsse aus einem großkalibrigen Revolver auf den Traunsteiner Finanzmakler Gerhard Hauser abgefeuert“, sagte sie mit leicht erregter Stimme ins Mikrophon. „Hauser, der noch in seinem Wagen saß, wurde dabei an Kopf und Schulter getroffen und schwer verletzt. Er befindet sich inzwischen aber außer Lebensgefahr. Eine Großfahndung nach dem Täter verlief bis jetzt ergebnislos. Aber vielleicht kann uns Frau Oberkommissarin Bischoff von der Kripo Traunstein schon mehr dazu sagen …“

Ein weiterer Schwenk, und Bischoff kam ins Bild. Bekleidet mit einem schnittigen Hosenanzug und die Ruhe selbst. Sie sagte mit Blick zu der Moderatorin: „Da wir davon ausgehen, dass sich der Täter bereits einige Zeit vorher in der Umgebung des Tatorts aufgehalten hat, möchte ich zunächst einmal die Nachbarn von Herrn Hauser bitten, uns entsprechende Beobachtungen zu melden. Genauer gesagt ...", nun mit Blick in die Kamera, „wem ist eine Person in der Nähe des Tatorts aufgefallen, oder vielleicht auch ein Wagen. Oder sonst irgendetwas Ungewöhnliches."

„Mit anderen Worten: Sie haben bis jetzt keine Spur von dem Täter?"

„Nicht direkt", erwiderte Bischoff, wieder zur Moderatorin gewandt. „Aber wir haben Hinweise, dass der Anschlag möglicherweise mit Hausers beruflichen Aktivitäten zu tun hat und ermitteln derzeit auch schon intensiv in dieser Richtung ..."

„Aber Sie haben noch keine heiße Spur oder gar einen Verdächtigen im Visier?"

insistierte die Moderatorin.

„Für solche Spekulationen ist es noch zu früh."

„Sie und Ihre Kollegen haben zur Zeit noch ein paar andere ungeklärte Fälle zu bearbeiten, sind Sie da personell überhaupt in der Lage, jetzt auch noch diesen Mordanschlag zu bearbeiten?"

Jetzt kommt es, dachte Gruber.

Bischoff lächelte dünn. „Genau aus diesem Grund bin ich vor vier Wochen von München hierher versetzt worden. Und Sie dürfen sicher sein, dass wir alles Menschenmögliche unternehmen werden, diesen und auch die von Ihnen angesprochenen Fälle zu lösen."

„Ich denke, daran besteht kein Zweifel, aber gibt es denn überhaupt keine Fortschritte, was die Ermittlungen im Fall der kleinen Alexandra Huber betrifft?" Die Moderatorin rammte Bischoff das Mikrophon fast unters Kinn.

„Leider nein. Aber wie gesagt: Wir werden nicht aufgeben ..."

„Vielen Dank."

Bischoff verschwand aus dem Bild, dafür kam erneut der Hof in Sicht, jetzt mit ein paar Schaulustigen im Hintergrund.

Gruber schaltete ab, trank seinen Kaffee aus und wollte gerade los, als sein Handy klingelte. Es war Frau Doktor Erika Werner, seine Lieblings-Staatsanwältin.

„Seit wann ist es üblich, dass ich vom Stand der Ermittlungen aus dem Fernsehen erfahre?", fragte sie schlecht gelaunt.

„Hat Ihnen Frau Bischoff noch keinen Bericht geliefert?"

„Hat sie. Allerdings einen sehr fragmentarischen. Wo stecken Sie überhaupt? Wir haben gleich eine Pressekonferenz."

„Die übernimmt auch Frau Bischoff, die kann

das besser. Ich fahre inzwischen ins Krankenhaus. Wäre doch gelacht, wenn uns der Hauser nicht doch noch einen Hinweis geben könnte."

# 9

*Frau Oberkommissarin Bischoff!*

*Das Gesicht der Frau gefiel ihr. Ein gutes Gesicht. So wie das ihrer Biologielehrerin. Würde die es vielleicht schaffen, sie hier rauszuholen? Wohl kaum. Sie waren doch alle gleich dumm. Seit Wochen redeten und redeten sie. Und nichts passierte.*

*Alexandra griff nach der Plastikflasche mit dem Wasser und trank einen Schluck. Mordversuch an so einem Finanzmenschen! Konnte denen doch egal sein, der Mann lebte ja noch. Aber sie hier unten, wie lange würde sie noch leben? Irgendwann würden die genug haben von ihr, das spürte sie. Auch wenn ihr der Knochenmann fast jeden Tag versicherte, dass sie sich keine Sorgen machen müsse. Dass alles gut ausgehen würde.*

*Für wie blöd hielten die sie eigentlich?*

*Sie wandte sich vom Fernseher ab und ließ sich rücklings auf das Bett fallen, die Arme hinter dem Kopf verschränkt. Fragte sich zum tausendsten Mal, warum gerade sie. Und warum sie nicht sofort weggelaufen war, als der Wagen neben ihr angehalten hatte. Dann hätten die nie eine Chance gehabt, sie zu kriegen. Nie im Leben.*

*Aber wie hätte sie auch wissen können, dass die alte Frau am Steuer gar keine Frau war, sondern der*

*Fettsack? Und im Fond plötzlich der Knochenmann hochkommen und sie in den Wagen zerren würde?*

*Wie es wohl wäre, tot zu sein. Einfach nicht mehr da zu sein. Gab es überhaupt einen Himmel? Einen lieben Gott? Aber nein, sie durfte nicht sterben. Schon wegen Stefan. „Wenn du Ärger machst oder versuchst, dich umzubringen, wird dein kleiner Bruder dafür büßen!“ Das hatten sie ihr oft genug angedroht. Und deswegen würde sie auch weiter alles über sich ergehen lassen, all diese dreckigen Sachen. Ohne zu schreien oder sich zu wehren. Wenn nur diese ständigen Magenkrämpfe nicht wären.*

*Sie erhob sich und lief um das Bett herum. Ob draußen die Sonne schien? Natürlich, hatte sie im Fernsehen ja gesehen. Noch einmal die Sonne sehen, lieber Gott, das wäre schön, bitte, bitte, bitte. Und sie würde auch nie wieder frech zu ihren Eltern sein. Würde nie wieder meutern, wenn sie auf ihren kleinen Bruder aufpassen sollte. Würde das bravste Mädchen auf der Welt sein.*

*Sie setzte sich wieder aufs Bett und blickte zum Fernseher. Ihrem kleinen Fenster zur Welt. Wieder mal Werbung. Für eine Rosenheimer Firma. Vielleicht kam sie ja wieder, diese Kommissarin. Oder ein anderes Gesicht, das sie kannte. Sie verspürte Hunger und blickte auf den Wecker am Nachttisch. Schon eins vorbei. Seltsam. Sonst war er um diese*

*Zeit längst hier gewesen und hatte ihr das Mittagessen gebracht. War vielleicht etwas passiert? Und sie müsste jetzt hier unten verhungern?*

*Aber nein, vielleicht war er nur verunglückt, lag tot oder verletzt im Krankenhaus? Dann würde die Polizei kommen, um die Angehörigen zu verständigen. Und man würde vielleicht das Haus durchsuchen. Und sie finden.*

*Sie sprang auf und lief zur Tür, um zu horchen.*

## 10

„Ich kann Ihnen nicht mal sagen, ob der Scheißkerl maskiert war oder nicht“, sagte Hauser. „Alles, was ich gesehen habe, war ein Schatten, eine Bewegung links am Garagentor, dann ist auch schon die Scheibe explodiert und ich habe einen Schlag am Kopf verspürt.“

Gruber nickte resigniert. „Verstehe …“

„Das nächste, was ich mitbekommen habe, war dann, als hätte mir jemand ein glühendes Eisen über die linke Schulter gehauen. Von da ab weiß ich nicht mehr viel. Ich weiß nur, dass ich mich über den Beifahrersitz geworfen und versucht habe, keine Zielscheibe mehr abzugeben, während es draußen weiter gekracht hat.“

„Müssen ein paar schlimme Sekunden gewesen sein, so dazuliegen und sich nicht wehren zu können“, sagte Gruber, um irgendwie sein Mitgefühl auszudrücken.

„Das können Sie laut sagen.“

„Vor allem, wenn man eine geladene Pistole im Handschuhfach liegen hat!“

Hauser richtete seinen massigen Oberkörper weiter auf und griff nach dem Glas mit Wasser, das auf dem Nachttisch stand. Er trank einen Schluck, rülpste ungeniert. Sein Anblick erinnerte Gruber an Frankensteins Monster. Dicker Kopfverband, die linke Gesichtshälfte mit Pflaster abgedeckt, wächserner Teint, die Augen klein und blutunterlaufen. Er hatte plötzlich Mühe, sich zu konzentrieren, während Hauser an ihm vorbei zu seiner Frau Susanne schaute, die in der Ecke auf einem Stuhl saß und mit gespannter Miene das Gespräch verfolgte.

„Ich habe einen Waffenschein", meinte Hauser lapidar.

Gruber ging nicht darauf ein. „Aber vielleicht können wir die Sache ja ganz rasch klären …" Er zog die Plastikhülle mit den vier Briefen, die ihm Susanne Hauser vorhin übergeben hatte, aus seiner Aktentasche und warf sie auf die Bettdecke.

„Ein paar Namen dazu und wir machen uns an die Arbeit."

Hauser machte eine abwehrende Handbewegung. „Ist doch kompletter Blödsinn, was da drin steht. Ich hab niemanden beschissen. Ich mache grundsätzlich jeden, der auf Risiko spielen möchte, darauf aufmerksam, dass man bei solchen Investitionen viel gewinnen, aber auch viel, vielleicht sogar alles verlieren kann. Aber Sie wissen ja, wie das in diesem Geschäft ist: Die Kunden hören nur das Positive, von den unglaublichen Chancen, die sich bieten. Wenn es dann aber doch mal schief geht, bin ich der Buhmann, der Betrüger, die falsche Sau. Aber deswegen kommt doch keiner auf die Idee, mich umbringen zu wollen."

„Offensichtlich doch ..."

„Außerdem, wer ist schon so blöd und kündigt so was vorher an. Dann müsste er doch damit rechnen, dass ich Vorsichtsmaßnahmen treffen würde."

„Was Sie nicht gemacht haben, wohlgemerkt."

„Eben."

So kamen sie nicht weiter. Gruber steckte die Briefe wieder zurück in seine Aktentasche, mit wenig Hoffnung, dass eine Laboruntersuchung etwas bringen würde. Von den Texten her waren sie jedenfalls so banal wie unergiebig. DEIN TOD IST BESCHLOSSENE SACHE, DU BETRÜGER. WIR KRIEGEN DICH.

Als Hauser sich nicht weiter äußerte und auch Susanne Hauser weiterhin schwieg, erhob er sich und ging ein paar Schritte auf und ab. Allmählich überzeugt davon, dass Hauser wusste oder zumindest ahnte, wer hinter dem Anschlag stecken könnte. Wenn der Mann trotzdem den Schweigsamen spielte, konnte dies nur eines bedeuten: Er hatte trotz all seiner Beteuerungen, ein reeller Geschäftsmann zu sein, Dreck am Stecken. Möglicherweise sogar verdammt viel Dreck. Und war vermutlich jetzt der Ansicht, er könne, ja, er müsse das selbst regeln. So ähnlich wie bei Eckstein, Geld zurück und Schwamm drüber.

„Wenn Sie nicht kooperieren, können wir möglicherweise weder den Täter fassen noch einen weiteren Anschlag auf Sie verhindern. Wollen Sie das wirklich?“, fragte Gruber schließlich.

Hauser kratzte sich an der Nase und sagte nichts.

„Außerdem sind Sie verpflichtet, an der Aufklärung einer Straftat mitzuwirken. Wenn Sie mir also wirklich Informationen vorenthalten …“

„Ich denke darüber nach, okay?“

Gruber wandte sich Susanne Hauser zu. „Was ist denn Ihre Ansicht dazu? Ich meine, dieses Mal hatten Sie beide Glück, aber wer weiß, was beim nächsten Mal passiert …“

„Auf mich hat er noch nie gehört“, erwiderte sie.

Grubers Handy klingelte. Er ging vor die Tür. Es war Bischoff.

„Und, was sagt er?“, fragte sie.

„Wenig …“

„Na, dann kommen Sie mal schnell ins Büro. So wie es aussieht, hat sich unser Täter soeben selbst gestellt.“

## 11

Der Täter war eine Frau!

Sie saß in Grubers Büro vor seinem Schreibtisch, umstellt von Bischoff und Staatsanwältin Doktor Werner. Eine zierliche Frau von Anfang sechzig, dunkler Typ, auffallend blasser Teint. Dezent geschminkt, bis auf eine Halskette kein Schmuck. Bekleidet mit Jeans, einem azurfarbenen Pulli und einer schwarzen Lederjacke. Vermutlich mal eine echte Schönheit, kam es Gruber in den Sinn. Außerdem kam sie ihm vage bekannt war.

Die Frau blickte Gruber herausfordernd an.

„Das ist Hauptkommissar Gruber", erklärte Doktor Werner, wobei sie Gruber einen leicht vorwurfsvollen Blick zuwarf.

„Dann lassen Sie mal hören, Frau …"

„Mein Name ist Hochstätter. Monika Hochstätter."

„Gut, Frau Hochstätter, ich bin …"

„Und Sie wollen wirklich keinen Anwalt hinzuziehen?", fragte die Staatsanwältin dazwischen.

„Nein. Was ich zu sagen habe, steht fest …"

Gruber zwängte sich an den dreien vorbei, setzte sich an seinen Schreibtisch und rieb sich das Kinn. Er hatte plötzlich das Gefühl, im falschen

Film zu sitzen, einen Tagtraum zu erleben. Irgendetwas lief hier neben der Spur, aber noch konnte er nicht sagen, was. Er wollte gerade nach der Tatwaffe fragen, aber da begann die Frau schon zu reden.

„Er hat mein Leben zerstört …“, sagte sie mit bemüht fester Stimme zu niemand Bestimmtem. „Hat alles kaputtgemacht, das Schwein.“

„Wir sprechen hier von Gerhard Hauser?“, vergewisserte sich Gruber.

„Ja, wem sonst.“

„Und wie hat er ihr Leben zerstört?“

„Er hat mich vergewaltigt, als Kind. Und das nicht nur einmal.“

„Oh, das tut mir natürlich leid, aber das ist verdammt lange her. Wieso sind Sie dann erst jetzt auf die Idee gekommen, sich dafür zu rächen? Es war doch ein Racheakt, oder?“

„Ja …“

„Also?“

„Weil ich jetzt nichts mehr zu verlieren habe, deswegen. Ich habe einen Hirntumor. Wenn ich Glück habe, sehr viel Glück, habe ich noch ein halbes Jahr. Kann aber auch schon nächste Woche vorbei sein …“

„Und deshalb haben Sie beschlossen, es ihrem ehemaligen Peiniger heimzuzahlen?“

„Genau …"

Gruber fühlte sich immer unbehaglicher. Sein Instinkt sagte ihm, dass die Frau nicht die Wahrheit sprach. Jedenfalls nicht die ganze Wahrheit.

„Und wieso sitzen Sie dann hier und erzählen mir das?", fragte er. „Normalerweise behält man so etwas doch für sich, meinen Sie nicht auch?"

Ein böser Blick von der Staatsanwältin sagte ihm, dass er weniger ruppig sein sollte.

„Ich habe in den Nachrichten gehört, dass er Drohbriefe bekommen hat", erwiderte Monika Hochstätter. „Von Leuten, die angeblich wegen ihm Geld verloren haben und so. Und dass Sie jetzt in dieser Richtung ermitteln. Ich möchte einfach nicht, dass wegen mir Unschuldige zu Schaden kommen."

„Ehrenwert."

Gruber blickte fragend zu Bischoff. „Ich nehme an, die Tatwaffe liegt bereits im Labor?"

Bischoffs Gesichtsausdruck sagte ihm, dass dies nicht der Fall war.

„Tut mir leid, aber die habe ich nicht mehr …", sagte Monika Hochstätter in die plötzlich eingetretene Stille.

Gruber fiel vor Überraschung beinahe vom Stuhl. Das wurde ja immer verrückter. War er denn nur von Idioten umgeben?

„Was?“, knurrte er.

„Ich habe den Revolver auf der Rückfahrt aus dem Auto geworfen, in einem Waldstück, irgendwo zwischen Trostberg und Tittmoning. Ich wusste ja nicht, dass ich …“ Sie verstummte und blickte hilfesuchend zur Staatsanwältin.

Gruber hatte genug. Er schob seinen Stuhl nach hinten, erhob sich und deutete zur Tür. „Vielen Dank, Frau Hochstätter, aber wenn Sie uns jetzt bitte entschuldigen würden. Wenn wir mal nichts zum Lachen haben, kommen wir gerne auf Sie zurück. Aber jetzt haben wir einen Mordversuch zu klären, und ich glaube nicht, dass Sie etwas dazu beitragen können.“

Die Frau rührte sich nicht vom Fleck. „Sie glauben mir wohl nicht?“, fragte sie mit todernster Miene.

„Irreführung der Behörden ist ein Straftatbestand. Wenn Sie also …“

„Warten Sie.“ Die Frau beugte sich vor, nahm ihre Handtasche vom Boden auf und holte ein Kuvert heraus. Sie zog ein paar Dokumente aus dem Kuvert und schob sie Gruber über den Schreibtisch zu.

„Sie können das alles nachprüfen“, sagte sie. „Auch dass ich mit ihm verheiratet war und eine Tochter von ihm hatte.“

Gruber starrte ungläubig auf die Heiratsurkunde.

„Ich wäre damals am liebsten weggerannt", sagte sie weiter, nun mit Tränen in den Augen. „Und wenn ich geahnt hätte, dass meine Eltern mich später sogar zwingen würden, ihn zu heiraten, hätte ich es auch getan …"

„Was heißt das, Sie hatten eine Tochter?", fragte Bischoff.

„Sie ist tödlich verunglückt, mit acht Jahren beim Baden ertrunken …"

„Oh, das tut mir leid."

„Okay, dann erzählen Sie doch mal, was Sie gestern Abend genau gemacht haben", sagte Gruber. „Wo haben Sie Ihren Wagen abgestellt, auf welchem Weg sind Sie zu Hausers Anwesen gelangt, wieso haben Sie sich nicht überzeugt davon, dass Hauser auch wirklich tot ist?"

Eine Pause entstand.

Monika Hochstätter nestelte nervös an ihrer Halskette herum.

„Kann ich nicht", sagte sie schließlich. „Ist alles wie ausgelöscht, ehrlich. Ich nehme jede Menge Medikamente, müssen Sie wissen. Mit ziemlichen Nebenwirkungen. Wenn ich mich aufrege oder etwas Ungewohntes mache, ist es besonders schlimm."

Die Staatsanwältin bemerkte, wie Gruber erneut in Rage geriet. Sie machte ihm schnell ein Zeichen, und sie gingen alle drei in den Flur hinaus.

„Was halten Sie davon?“, fragte sie Gruber.

Gruber zuckte mit den Schultern. „Langsam reicht es mir. Andererseits klingt es so verrückt, dass es fast schon wieder wahr sein könnte. Was die Ausführung betrifft, würde es jedenfalls durchaus passen: In aller Eile ein paar Mal abgedrückt und dann Hals über Kopf weg …“

„Wie Frauen das eben so machen?“, warf Bischoff ein.

„Ich würde es so machen“, erwiderte Gruber heftig. „Vor allem, wenn ich so was zum ersten Mal machen würde …“

„Und jetzt?“ Der Staatsanwältin war sichtlich unwohl zumute. „Wir können sie ja schlecht einfach wieder laufen lassen, oder?“

„Versuchen Sie, einen Arzt oder Psychologen aufzutreiben, der sie unter die Lupe nimmt. Wir schauen uns inzwischen mal in ihrer Wohnung um …“

## 12

„Wenigstens das mit ihrem Tumor scheint zu stimmen“, bemerkte Bischoff und hielt Gruber einen Brief hin. Gruber überflog den Brief. Es war das Schreiben eines Rosenheimer Internisten, der Monika Hochstätter mit eindringlichen Worten bat, umgehend die vorgeschlagene Chemotherapie in Angriff zu nehmen.

Gruber nickte nur.

„Und mit dem Zeugs, das in ihrem Bad herumliegt, könnte man glatt den Giftschrank einer Apotheke füllen“, sagte Bischoff weiter.

„Alles klar.“ Gruber blieb sitzen und blätterte weiter in dem Fotoalbum, das er aus dem Bücherregal hervorgezogen hatte. Die Fotos zeigten Monika von ganz jung bis etwa Mitte dreißig. Immer als eine ungemein attraktive Erscheinung und immer an der Seite diverser Männer vor teils exotischen Kulissen. Stationen eines Lebens auf der Überholspur. Nach dem Motto: Leb schnell und stirb jung. Gruber klappte das Album wieder zu und blickte nachdenklich auf das Durcheinander ringsum. Überall lagen Klamotten und Zeitschriften herum, und geputzt oder auch nur staubgefegt hatte hier schon lange niemand mehr. Er fragte sich, wie man so leben konnte. Und dann fiel ihm endlich ein, woher er die Frau kannte.

„Herrgott, ich bin doch ein Trottel“, sagte er.

Bischoff kam aus der Küche heran. „So?“

„Jetzt weiß ich wieder, wer sie ist. Sie war die erste Frau aus Traunstein, die es in die Klatschspalten geschafft hat. Als Freundin von irgend so einem Rockmusiker, der sich auch als Schauspieler versucht hat, Anfang der siebziger Jahre. Mit dem war sie auch ein paar Mal zu Besuch hier, mit Jaguar und so und ausstaffiert wie eine Edelnutte, wie ich gehört habe.“

„Und dann?“

„Dann war eine Zeitlang Funkstille, bis Anfang, Mitte der Achtziger die ersten Videos mit ihr aufgetaucht sind. Ziemlich harter Stoff übrigens …“

„Sie meinen, Pornos?“

„Ja, was sonst.“

„Und dann?“

„Das Letzte, was ich gehört habe, war dann, dass sie in Salzburg auf den Strich gegangen sein soll. Kann aber auch nur ein Gerücht gewesen sein.“

Bischoff räumte einen Teil der Couch frei und setzte sich Gruber gegenüber.

„Das ist ja übel“, sagte sie. „Und wieso?“

„Drei Mal dürfen Sie raten. Drogen natürlich.“

„Aber schon komisch, dass so eine hierher zurückkommt, wo jeder über sie Bescheid weiß?“

„Warum nicht? Vielleicht hat sie was geerbt, oder es ist ihr inzwischen egal, todkrank, wie sie ist."

Gruber erhob sich schwerfällig und stellte das Album in das Regal zurück. Dabei fiel sein Blick auf ein Buch mit dem Titel „Drehbuchautoren-Führer", das ganz oben auf dem Regal lag. Seltsam, dachte er. Neugierig geworden, nahm er das Buch zur Hand und sah unter dem Buchstaben S nach. Tatsächlich, da war er aufgeführt, mit Bild und einer respektablen Auflistung seiner bisherigen TV-Arbeiten: Walter Schott, sein bester Freund aus längst vergangenen Zeiten. Wie lange war das jetzt her, dass er den Mann zuletzt gesehen hatte? Fünfunddreißig Jahre? Dass Schott seine Brötchen mittlerweile mit dem Schreiben von Drehbüchern fürs Fernsehen verdiente, hatte er rein zufällig von einer Mitarbeiterin erfahren. Die ganz stolz darauf gewesen war, einen so berühmten Mann persönlich zu kennen. Auch wenn dieses „Persönliche" sich vermutlich irgendwann Ende der sechziger Jahre auf einer Faschingsveranstaltung abgespielt hatte, wie Gruber annahm. Nicht umsonst hatte Schott immer betont, wie gefragt ein Mann bei den Mädels sein würde, der zu Silvester oder im Fasching nüchtern bleiben könne.

Der Mann in der Hochfelln-Klause, der von Fehmarn und Jimi Hendrix erzählt hatte! Konnte hier ein Zusammenhang bestehen? Das mit dem Alter kam in etwa hin, aber Schott hier in der Gegend …?

„Was entdeckt?", fragte Bischoff.

„Ich glaube nicht", wehrte er unwillkürlich ab. „Ich habe nur einen Bekannten, der auch immer davon spricht, dass er mal ein Drehbuch schreiben möchte".

Gruber wollte das Buch gerade zurücklegen, als es an der Tür klingelte.

Bischoff öffnete.

Vor ihnen stand eine mollige Frau um die Sechzig mit Kittelschürze und in Hauspantoffeln, die sie argwöhnisch beäugte.

„Tschuldigung, aber i hob Stimmen ghört und da hob i dacht, da Doktor is da. Derf i frogn …?"

Gruber hielt ihr seinen Ausweis hin.

„Polizei? Sie wohnen hier im Haus, Frau …?"

„Bergmüller is mei Name. Agnes Bergmüller", erwiderte die Frau. „Aber Polizei? Is wos passiert mit da Monika?"

„Passiert gerade nicht", sagte Gruber. „Wir sind nur dabei, etwas zu überprüfen. Schauen Sie öfter nach Frau Hochstätter? Sind Sie mit ihr befreundet?"

„Jo und naa. I kümmer mi halt um sie, wenn's ihr amal wieder schlechter geht."

„Zufällig auch gestern Abend?"

„Naa. Gestern obend ned. I wollt eigentlich, aber dann bin i beim Fernsehschaun eigschlaffa. Und wia i dann mein Hund no rausbrocht hob, war's schon zu spät."

„Hm, Sie können uns also nicht sagen, ob Frau Hochstätter gestern Abend zuhause war?"

Die Frau schüttelte bedächtig den Kopf.

„Naa, aber weit weg kann's ned gwesn sein, i hob ihr Auto gseng."

„Geparkt?"

„Ja. Gleich vorn an der Turnhalle, wo's eigentlich immer steht."

„Und Sie sind absolut sicher, dass es der Wagen von Frau Hochstätter war?"

„De Kistn is einmalig, des können's mia glabn. A oader Käfa, laut wia a Panzer. Dass ma mit sowas überhaupt no rumfahrn derf ..."

„Aha, und wann war das?"

„Ja mei, so nachm Fernsehen. So gegen neine, viertel noch neine ..."

Gruber und Bischoff blickten sich vielsagend an.

„Sogns amoi, wenn Sie scho von der Polizei san, wos is eigentlich mit diesem Drecklackl, der de Madln umbringt?", fragte die Frau dann unvermutet. „Wann erwischns denn den endlich?"

„Wir tun unser Bestes“, erwiderte Bischoff. „Das dürfen Sie uns glauben …“

„Wir treffen uns in einer Stunde im Büro“, sagte Gruber und schob sich an der Frau vorbei in den Flur.

# 13

Gruber fand auf der Galerie einen freien Tisch, setzte sich und warf einen desinteressierten Blick in die Speisekarte. Er hatte null Appetit, aber ihm war klar, dass er etwas essen musste. Schon allein, damit sein Blutzuckerspiegel nicht in den Keller sackte. Seine Konzentrationsfähigkeit ließ ohnehin schon zu wünschen übrig. Und seine Urteilsfähigkeit wohl auch. Wie sonst hätte er dieses hysterische Weib überhaupt ernstnehmen können! Er hätte sie gleich rauswerfen sollen, statt sich diesen Mist anzuhören. Er schüttelte missmutig den Kopf. Die Welt wurde immer verrückter, soviel stand fest. Und niemand blieb verschont davon. Jeder wollte alles und sofort haben. Glück, Erfolg, Reichtum, und nach mir die Sintflut.

Silvia erblickte ihn, ließ sich aber Zeit. Sie kassierte erst am Nebentisch ab und verschwand dann für eine Weile in der Küche, ehe sie an seinen Tisch kam. Das Lächeln, das sie ihm schenkte, fiel reichlich neutral aus. Zumindest bildete er sich das ein.

„Hallo …"

„Schön, dich zu sehen", sagte Gruber. „Kannst du mir irgendwas empfehlen?"

„Die Schupfnudeln mit Schinken sind ganz gut."

„Okay. Und ein alkoholfreies Bier bitte …"

Silvia drehte ohne ein weiteres Wort ab und ließ Gruber leicht verdattert zurück. So abweisend war sie ihm selten vorgekommen. War sie sauer, weil er hierher gekommen war? Er nahm die „Süddeutsche Zeitung" zur Hand und blätterte sie durch. Aber die Buchstaben verschwammen vor seinen Augen, und so schaute er den Leuten zu, die unter ihm in der Passage geschäftig hin und herliefen. Verdammt, wenn er nur wüsste, wie Schott in dieses Szenario passte. Dass es sich bei dem Mann in der Hochfelln-Klause um Schott handelte, davon war er mittlerweile fest überzeugt. Nur ein Zufall, dass sich Schott dort aufgehalten hatte? So wie dieses Buch über Drehbuchautoren in Frau Hochstätters Wohnung? Schwer zu glauben. Aber vielleicht war Schott auch nur in die alte Heimat zurückgekehrt, um sich hier einen Alterssitz einzurichten, so wie viele andere auch? Obwohl, irgendwie traute er ihm eine derart sentimentale Regung nicht zu.

Er lächelte wehmütig. Wenn er recht überlegte, hatte er seine besten Jahre mit Schott verbracht, und nicht mit seiner Frau und Daniela, selbst, als die kleine Familie noch funktioniert hatte. Jahrelang waren sie praktisch unzertrennlich gewesen, und was hatten sie nicht alles unternommen, etwa an den Wochenenden, als sie manchmal quer durch halb Deutschland zu irgendwelchen Rock-Konzerten getrampt waren. All die großen Namen wie Deep Purple, Animals, Yardbirds, Kinks und natürlich die Stones, sie hatten sie alle live gehört. Manchmal unter Umständen, an die er eher mit Schrecken zurückdachte. Nicht zu vergessen die großen Ferien, als sie ebenfalls per Anhalter nach Südfrankreich oder Griechenland gereist waren. Einen Rausch an Freiheit und Abenteuer hatten sie erlebt, wie er wohl einmalig und nur zu dieser Zeit Ende der sechziger Jahre möglich war. Dank der Gnade der gerade noch rechtzeitigen Geburt. Umso größer dann seine Enttäuschung, als Schott sich ohne Erklärung abgesetzt hatte. Einfach die Freundschaft gekündigt hatte und praktisch über Nacht nach Berlin umgesiedelt war.

Aufgewühlt von diesen Erinnerungen, wäre am liebsten aufgestanden und wieder gegangen. Aber da brachte ihm Silvia schon das Bier und den Teller mit den Nudeln. Mit einem knappen „Guten Appetit“ stellte sie alles vor ihm ab und wandte sich anderen Gästen zu.

Während er aß, leerte sich das Café weitgehend. Als er fertig war, trank er sein Bier aus, holte sein Handy raus und rief Bischoff an.

„Was macht sie?“

„Sie schweigt sich aus …“, erwiderte Bischoff.

„Hat nur gemeint, sie würde lieber mit Ihnen reden."

„Tatsächlich?"

„Ja."

„Okay, bin gleich da."

Silvia setzte sich zu ihm. „Du siehst ganz schön fertig aus", sagte sie.

Gruber überging die Bemerkung. „Wollten wir am Sonntag nicht was unternehmen?", fragte er stattdessen, bemüht, nicht allzu unterwürfig zu klingen.

„Ich hatte Besuch. Von einer Freundin …"

Gruber nickte. „Verstehe. Und, wie läuft es mit den Kindern?"

„Thomas ist krank. Aber sonst läuft alles bestens."

„Also dann, ich muss weiter", sagte Gruber, bevor die Pause allzu peinlich wurde. Er stand auf, holte seine Brieftasche heraus und legte einen Zehn-Euro-Schein auf den Tisch.

„Hast du am Wochenende Zeit?", fragte er.

„Kann ich jetzt noch nicht sagen. Ich rufe dich an, okay?"

Nichts ist okay, dachte Gruber. Er ließ das Wechselgeld liegen und ging.

## 14

Gruber eilte die Treppe hoch, konnte es kaum erwarten, sich Klarheit zu verschaffen. Der Fußmarsch von der Stadtmitte zur Polizeidirektion hatte ihm gut getan, auch wenn sein Ärger nicht gänzlich verflogen war.
Zumindest eines lag nun klar auf der Hand: Monika Hochstätter hatte sie linken wollen. Und das konnte eigentlich nur eines bedeuten: Sie wollte den wirklichen Täter decken. Hatte sie vielleicht jemanden damit beauftragt, auf Hauser zu schießen? Vielleicht Schott? Aber Schott ein kaltblütiger Killer? Unmöglich. Und weswegen auch? Schott und die Frau waren zwar im gleichen Viertel aufgewachsen, aber Schott hatte nie etwas gehabt mit ihr, soweit er sich erinnerte. Es sei denn, auch Schott hatte Hauser Geld überlassen, und Hauser hatte ihn betrogen. Dann natürlich würde die Sache gleich anders aussehen. Aber nein, auch da konnte er unbesorgt sein. Schott hätte sich garantiert anders zu helfen gewusst. Hätte niemals wie ein blutiger Amateur in der Nacht herumgeballert.

Doktor Werner fing ihn auf dem Flur ab.

„Wir haben jetzt die Bestätigung, gleich von mehreren Seiten“, sagte sie. „Sie ist wirklich todkrank, und das mit den neurologischen Ausfällen ist auch möglich."

„Aber Sie wissen, dass ihr Wagen zur Tatzeit bei ihr zuhause um die Ecke geparkt war. Und ich kann mir nicht vorstellen, dass sie mit dem Fahrrad unterwegs war."

„Schon. Aber ganz von der Hand sollten wir es dennoch nicht weisen."

„Wie Sie meinen."

Gruber betrat sein Büro. Monika Hochstätter saß noch an derselben Stelle, neben sich Bischoff, die ihr einen Tee und ein paar Kekse besorgt hatte.

Gruber setzte sich und fixierte die Frau. Entschlossen, so nett wie möglich zu sein.

„Also Frau Hochstätter, dann verraten uns jetzt doch mal, wer Sie zu diesem Geständnis angestiftet hat?"

„Angestiftet?", wiederholte sie mit perplexer Miene. „Niemand natürlich …"

Gruber nickte gütig.

„Okay, geschenkt. Aber irgendetwas wollten Sie doch bezwecken mit Ihrem Geständnis, oder etwa nicht? Vielleicht, weil Sie wissen oder ahnen, wer der Täter ist. Und Sie diese Person schützen wollten?"

Die Frau schüttelte nur den Kopf.

Gruber und Bischoff blickten sich fragend an.

Sollte er von sich aus die Rede auf Schott bringen? Gruber zögerte.

„Es war nur so eine Idee", sagte die Frau zögerlich. „Weil ich doch ein Buch geschrieben habe und gedacht habe, wenn ich ... Ich meine, ich wollte nur etwas Reklame für mich machen."

Gruber glaubte, nicht richtig gehört zu haben. „Reklame?", wiederholte er verblüfft.

„Ja ..."

„Für ein Buch?"

Die Frau nickte nur.

„Ein Drehbuch vielleicht?"

„Nein. Einen Roman. Eine Art Autobiografie. Für die ich jetzt einen Verlag suche ..."

„Verstehe. Und Sie dachten, so als Frau unter Mordverdacht kriegen Sie das Ding mit Handkuss los, richtig?"

Monika Hochstätter nickte erneut.

„Und nebenbei haben Sie vermutlich gedacht, wenn Sie den Verdacht auf sich lenken, bleibt der wirkliche Täter vielleicht ungeschoren", mischte sich Bischoff ein. „Und kriegt dadurch vielleicht Gelegenheit, nochmals zuzuschlagen. Was wohl ganz in Ihrem Sinn wäre, wenn ich alles richtig verstanden habe?"

„Und wenn es so wäre?"

„Sie müssen Ihren Ex-Mann wirklich hassen ..."

„Er ist ein mieses Schwein."

„Er könnte sich geändert haben."

„Ja, vielleicht. Aber wenn, dann nur zum Schlechteren."

Sollte er sich mit diesem Eingeständnis zufrieden geben? Gruber zögerte erneut. Es klang alles ganz plausibel und wenn sie die Sachlage überprüft hätten, könnten sie die Frau guten Gewissens entlassen. Aber er konnte nicht anders. Er räusperte sich und blickte die Frau betont forschend an.

„Und was haben Sie mit dem Walter Schott zu schaffen, wenn ich fragen darf?"

Ein zaghaftes Lächeln umspielte Monika Hochstätters blutleere Lippen.

„Der Walter? Ich habe ihn gebeten, mir zu helfen", antwortete sie ohne jede Spur von Verlegenheit. „Beim Lektorieren und vielleicht bei der Suche nach einem Verlag. Er kennt doch tausend Leute …"

„Aber er lebt doch in Berlin, oder etwa nicht?"

„Normalerweise schon. Aber seit Mitte August ist er wieder hier …"

„Hier in Traunstein?"

Monika Hochstätter nickte. „Ja, in der Haslacher Straße. Er hat sich dort eine Wohnung gemietet. In dem Neubau, da, wo früher das Baugeschäft Eichstätter war."

„Das muss ja ein aufregender Stoff sein", sagte Bischoff. „Wenn er deswegen aus Berlin gleich hierher kommt. So was kann man doch auch per E-Mail machen, möchte man meinen?"

Monika Hochstätter nickte erneut.

„Er hat gesagt, das Manuskript wäre ganz gut. Vom Stoff her und so weiter. Nur das mit der Schreibe, der Stil, da hat er gemeint, müsste noch viel nachgebessert werden."

„Aha …"

„Außerdem kommt ja auch seine Schwester Astrid darin vor."

Gruber horchte auf. „Seine Schwester. Die sich mit Dreißig vor einen Zug geworfen hat?"

„Ja. Meine beste Freundin, als ich noch zuhause gewohnt habe."

„Hm, damals war die Rede von irgendwelchen Depressionen als Grund für ihren Freitod. War das auch Ihre Meinung?", hakte Gruber nach.

Der Fall hatte zu einem seiner ersten Einsätze gezählt. Ein Anblick, den er nie vergessen würde, einfach scheußlich. Kein Gesicht mehr, der Rumpf zerfetzt, die Gliedmaßen hundert Meter am Bahndamm entlang verteilt.

Eine kurze Pause entstand.

„Sie hat es wahrscheinlich nicht verkraftet …", erklärte Monika Hochstätter dann eher unwillig.

„Was verkraftet?“, fragte Bischoff.

„Dass er mit ihr das Gleiche wie mit mir gemacht hat: Sie als Kind vergewaltigt …“

„Wir sprechen von Hauser?“, vergewisserte sich Gruber.

„Ja, klar.“

„Dann hat dieser Schott Sie vielleicht auf die Idee gebracht, dass Sie uns diese Komödie hier vorspielen? Damit Hauser weiterhin als Zielscheibe durch die Gegend rennt?“, fragte Bischoff.

Monika Hochstätter schüttelte energisch den Kopf.

„Nein, wirklich nicht. Der wusste doch gar nichts davon …“

„Sie meinen, das von seiner Schwester und Hauser?“

„Nein, ich meine, dass ich vorgehabt hab, hierher zu kommen und …“ Sie stockte, kämpfte erneut mit den Tränen.

„Lassen Sie's gut sein“, sagte Gruber zu Bischoff.

„Nein, das möchte ich jetzt doch schon genau wissen … Wusste dieser Schott schon länger von dieser Geschichte mit seiner Schwester? Oder hat er es erst durch Sie erfahren? Ja oder nein?“

„Vielleicht, ich weiß nicht …“ Monika Hochstätter verstummte erneut und blickte Gruber schuldbewusst an.

Verdammte Scheiße, dachte Gruber. Ihm blieb auch nichts erspart. Wieso nur hatte er die Frau nicht privat nach Schott gefragt? Aber einmal ein Bulle, immer ein Bulle. Er erhob sich und schob sich zur Tür.

„Ich übernehme das", sagte er.

# 15

„Darf ich reinkommen?“

Schott trat zur Seite. „Entschuldige, klar …“

Gruber betrat die Wohnung, zwei Räume im zweiten Stock, mit Blick nach Süden, spartanisch möbliert, sauber und penibel aufgeräumt. Das einzig Persönliche waren zwei Bücher, die auf dem Tisch neben dem Durchgang zur Küche lagen: „Desert Solitaire“ von einem gewissen Edward Abbey und Carl Zuckmayers Autobiographie „Als wär's ein Stück von mir“.

„Lange nicht gesehen, hm?“, sagte Schott und drückte die Tür zu.

„Allerdings …“

„Hätte dich fast nicht erkannt, so mit Glatze.“

„Tja, du hast leicht reden …“

„Und, bist du noch bei dem Verein?“

„Sicher. Und du schreibst inzwischen Drehbücher, wie ich erfahren habe.“

„Ja. Von irgendwas muss der Mensch ja leben. Woher weißt du überhaupt, dass ich hier wohne?“

„Von einer gemeinsamen Bekannten …“

Gruber war noch immer unschlüssig, wie er die Sache anpacken sollte. Du bist ein Profi, sagte er sich zum wiederholten Mal. Also benimm dich auch wie ein Profi. Keine Gefühle, keine Vorurteile. Zugleich fragte er sich, ob es nicht auch an ihm gelegen haben könnte, dass Schott damals so blitzartig verschwunden war. Und wieso er nicht versucht hatte, die Verbindung trotzdem zu halten.

Schott hatte sich kaum verändert, genau, wie sein Konterfei in dem Drehbuch-Führer angedeutet hatte. Das Haar noch voll und nur an den Schläfen leicht ergraut, die Figur drahtig wie eh und je. Und auch sonst war ihm kaum etwas anzumerken. Er wirkte vorsichtig und leicht angespannt, aber nicht wie jemand, der ein Kapitalverbrechen auf dem Gewissen hatte. Aber so war es schon immer gewesen, fiel Gruber ein. Soweit er sich erinnern konnte, war Schott niemals ausgeflippt, hatte niemals die Nerven oder die Übersicht verloren. Nicht bei diesem Autounfall in Bulgarien, als sie nachts und völlig zugedröhnt auf einen unbeleuchteten Traktor aufgefahren waren. Nicht bei diesem Revierkampf auf St. Pauli, als sie unvermutet zwischen die Fronten zweier verfeindeter Rockergangs geraten waren. Schotts unglaubliche Anpassungsfähigkeit, die hatte er schon immer bewundert.

„Du kannst dir sicher denken, warum ich hier bin“, sagte er, als ihm nichts Besseres einfallen wollte.

„Also nicht aus reiner Freundschaft, hm?“

„Lass den Scheiß, Walter. Du weißt genau, was los ist …"

Schott schob die Bücher beiseite und bedeutete Gruber, am Tisch Patz zu nehmen.

„Ich habe absolut keine Ahnung", sagte Schott. „Habe ich irgendwo ein Stoppschild überfahren oder schlecht über jemanden geredet, der zufällig Beziehungen zur Polizei hat?"

Gruber ging nicht darauf ein. Er blickte Schott nur fest ins Gesicht.

„Auf Gerd Hauser wurde gestern Nacht geschossen …", sagte er.

Keine Reaktion. Jedenfalls keine, die etwas ausgesagt hätte. Schott blickte ihn nur mit gerunzelter Stirn erstaunt an und gab sich ratlos.

„Auf den Gerd?", fragte er schließlich.

„Ja. Gerd Hauser. Der mal in deiner Straße gewohnt hat …"

„Und was, bitte schön, habe ich damit zu tun?"

„Um das herauszufinden, bin ich hier. Tut mir leid."

Schott erhob sich. „Willst du was trinken? Kaffee? Wasser?"

Gruber winkte ab.

„Und, ist er schwer verletzt?", fragte Schott, während er sich ein Glas Leitungswasser aus der Küche holte.

„Er hat Glück gehabt. Hat nur ein paar Streifschüsse abbekommen."

Schott setzte sich wieder und nippte an seinem Wasser.

„Ich habe ihn einmal getroffen, vor ein paar Wochen, allerdings rein zufällig", sagte er. „An der Eisdiele auf dem Maxplatz. Er hat mich erkannt und angesprochen ..."

„Und?"

„Nichts und. Wir haben kurz über die alten Zeiten gesprochen, dann ist er zurück in sein Büro und das war es dann."

„Du hast ihn nachher nicht wiedergesehen?"

„Nicht, dass ich wüsste ..."

Gruber Gedanken schweiften ab, es fiel ihm plötzlich schwer, die Sache weiter zu verfolgen. Sollte er Schott nach der Hochfelln-Klause fragen oder nicht? Besser nicht, entschied er. Noch war Schotts mögliche Anwesenheit dort sein kleines Geheimnis. Und das sollte es vorerst auch bleiben. Warum schlafende Hunde wecken?

„Du warst doch öfter mal hier, als deine Eltern noch gelebt haben", wechselte er das Thema. „Warum hast du dich eigentlich nie gemeldet?"

„Tja, warum? Ich bin mal bei dir vorbeigefahren. An einem Sonntag im Sommer neunzig oder einundneunzig. Du warst mit Frau und Kind im

Garten. Ich wollte erst rein zu euch, aber dann wusste ich plötzlich nicht mehr, was ich da eigentlich sollte. Aber jetzt hör endlich auf, hier den Geheimnisvollen zu spielen. Sag mir endlich, warum bist du hier, warum du ausgerechnet mich als Verdächtigen anschaust?“

Gruber stieß einen Seufzer aus, berichtete dann so knapp und sachlich wie möglich von dem Anschlag auf Hauser, von Monika Hochstätters Auftritt und wie sie den Schwindel aufgedeckt hätten. Und wie die Rede dabei auf Schotts Schwester Astrid und Schotts Engagement für Monika Hochstätter gekommen war.

„Ich war unglaublich wütend, wie ich davon erfahren habe, das gebe ich gerne zu“, sagte Schott daraufhin. „Aber mehr auf mich selbst. Weil ich damals nichts bemerkt habe. Weil ich nur … Na ja, du weißt ja am besten, wie ich damals so drauf war. Und was diesen Anschlag auf den Gerd angeht, so kann ich nur sagen, dass der Täter, wer immer es sein mag, ganz in meinem Sinn gehandelt hat. Aber ich war's nicht. Punkt. Aus “

„Trotzdem muss ich dich nach deinem Alibi fragen?“

„Für welchen Zeitraum?“

„Gestern Abend zwischen acht und neun.“

„Tja, da muss ich dich leider enttäuschen. Ich

bin gestern Abend wie schon öfters ziellos durch die Gegend gefahren, durch das Achental bis hinter nach Unterwössen und wieder zurück. Was ist denn mit anderen Verdächtigen? Oder bin ich etwa der Einzige?"

Gruber zögerte kurz.

„Er hat in den letzten Wochen ein paar Drohbriefe erhalten", sagte er dann. „Er soll Leute beschissen haben, in seiner Tätigkeit als Anlageberater. Soll in die eigene Tasche gewirtschaftet haben."

Schott lächelte vage. „Wenn es nach dem ginge, müssten eine Menge Leichen herumliegen, meinst du nicht auch?"

Schott stand erneut auf und bedeutete Gruber, ihm auf den Balkon hinaus zu folgen. Gruber war erstaunt über die Aussicht, die sich ihm bot. Eine kleine Oase inmitten in der Stadt. Mit einem großen Garten, in dem ein paar Kinder und ein Hund um eine Holzhütte herumtollten. Weitab vom Verkehr und der Hektik ringsum.

„Und wie soll es jetzt weitergehen?", fragte Schott. „Musst du vielleicht ein Protokoll aufnehmen oder dergleichen?"

„Eigentlich schon. Aber um nochmals auf die Frau, diese Hochstätter zurückzukommen, was ist denn nun mit ihrem Manuskript, taugt es was?"

Schott schnitt eine Grimasse. „Offen gesagt, ist es ziemlicher Käse. Aufstieg und Fall eines Flittchens, wenn du so willst. Aber du weißt ja, jeder glaubt, dass sein Leben Stoff für eine spannende Geschichte hergeben würde."

„Aber du hilfst ihr trotzdem?"

„Warum nicht?"

Grubers Handy klingelte.

Es war Bischoff.

„Haben Sie ihn aufgetrieben?"

„Habe ich …"

„Und, was sagt er?"

„Nichts von Bedeutung. Und bei euch?"

„Sie ist noch immer ziemlich zerknirscht. Außerdem habe ich gerade noch einmal mit ihrem Hausarzt telefoniert. Wir bringen sie über Nacht im Krankenhaus unter. Sind Sie sicher, dass er nicht unser Mann ist?"

„Wenn Sie wollen, können Sie morgen selbst mit ihm reden. Bis dann." Gruber steckte sein Handy wieder ein und wandte sich zum Gehen.

„Ich komme mit runter", sagte Schott.

## 16

Schott blickte dem Peugeot nach, bis er an der Einmündung zur Leonrodstraße aus seinem Blickfeld verschwand. Nur keine Panik jetzt, befahl er sich. Sie wussten lediglich, dass er ein Motiv hatte, und vielleicht noch, dass er zur falschen Zeit am falschen Ort gewesen war. Könnten sie ihm daraus wirklich einen Strick drehen? Und wäre Amigo Gruber dann einfach so wieder abgerückt. Schwer vorstellbar. Es sei denn, sie hatten längst eine Überwachung arrangiert. Und warteten jetzt nur darauf, dass er eine falsche Bewegung machte, dass er die Flucht ergriff. Quasi als letzten Beweis dafür, dass sie mit ihrem Verdacht richtig lagen. Um ihn dann entsprechend in die Mangel zu nehmen.

Er blickte die Straße rauf und runter, konnte jedoch nichts Verdächtiges bemerken. Ein paar Schulkinder, ein älteres Pärchen, der Hausmeister von der Volksschule gegenüber, sonst war niemand zu sehen. Vor allem keine Person, die in einem geparkten Auto hockte und so tat, als wäre dies das Normalste der Welt. Er wollte gerade kehrtmachen, als ein Fiat Panda mit einer jungen, rothaarigen Frau am Steuer herankam und gegenüber an der Schulbushaltestelle einparkte. Zwar mit einem Kindersitz im Fond, aber das konnte genauso gut ein Trick sein. Er versuchte, Blickkontakt mit der Frau herzustellen, aber die kramte etwas aus dem Handschuhfach, auf das sie sich anschließend konzentrierte. Ohne einen Blick für ihre Umgebung zu haben.

Schott wandte sich endgültig ab und schlenderte zurück zum Hauseingang.

Außerdem, so beruhigte er sich weiter, wenn sie ihn wirklich im Auge behalten wollten, würde dies einen riesigen Aufwand bedeuten. Die Wohnanlage war nach allen Seiten hin offen, lediglich die mannshohe Mauer zur Brauerei Wochinger hin bildete ein kleines Hindernis. Also müssten sie mindestens ein halbes Dutzend Leute im Einsatz haben, rund um die Uhr. Und das hier in der Provinz? Er musste lächeln. Nein, noch wäre alles drin. Noch könnte er sich jederzeit unsichtbar machen, könnte er schon in einer Stunde in Salzburg sein und im Flieger sitzen, mit welchem Ziel auch immer.

Er betrat mit müden Schritten die Wohnung, holte sich eine Flasche Bier aus dem Kühlschrank und bedachte noch einmal alles von vorne. Dass Monika Hochstätter die Bullen auf ihn aufmerksam gemacht hatte und er nun auf der Liste der Verdächtigen stand, daran war nichts mehr zu ändern. Der Knackpunkt war jetzt dieser verfluchte Nachtclub: Hatte Hauser ihn dort bemerkt oder nicht? Und falls ja, wann würde er sich daran erinnern? Vielleicht hatte er bislang nur deswegen nichts davon erwähnt, weil er ja nicht wusste, dass Schott ein Motiv gehabt hätte. Weil er andere Leute im Verdacht hatte; weil er dachte, einer seiner Geschäftsfreunde wollte ihn ausknipsen. Aber in dem Augenblick, wo die Bullen ihn fragen würden …

Mist, verdammter!

Schott trat auf den Balkon hinaus und steckte sich eine Zigarette an. Er konnte es noch immer nicht fassen. Hauser um Haaresbreite am Tod vorbei. Was ihm letztendlich aber nicht viel nützen würde. Ob Mord oder nur Mordversuch, die Strafe würde die gleiche sein.

Fünfzehn Jahre, im schlimmsten Fall.

Würde es ihm von Nutzen sein, dass ausgerechnet Gruber die Ermittlungen leitete?

Seine Beretta Neunmillimeter und den Packen Munition, die musste er als erstes loswerden. Am besten noch heute und am besten dort, wo Hauser sein Grab finden sollte, im Weitmoos zwischen Waging und Teisendorf. Dort kannte er sich aus, dort würde er den ganzen Kram in einem Torfstich verschwinden lassen. Die gefälschten Ausweispapiere, die er sich vorsorglich und mit weitaus größerer Mühe beschafft hatte, die würde er dagegen behalten. Nur besser verstecken, vielleicht irgendwo vergraben. Konnte nie schaden, einen zweiten Pass und Führerschein in Reserve zu haben.

Und dann? Falls alles schief ging, stand ihm möglicherweise eine entbehrungsreiche Zeit bevor. Dann wären noch ein paar letzte Dinge angesagt: Fein essen gehen, ein Kinobesuch, eine Runde Sex. Er dachte an die Kaffeehaus-Bedienung, mit der er letzte Woche einen netten Plausch gehabt hatte. Und die den Eindruck erweckt hatte, dass sie einem näheren Kennenlernen nicht abgeneigt wäre. Er warf einen Blick auf seine Armbanduhr. Kurz vor fünf. Das könnte er noch schaffen. Er könnte kurz dort vorbeischauen, einen Campari trinken und für heute Abend etwas klarmachen. Auch wenn nichts laufen sollte, wäre er zumindest abgelenkt. Und es wäre immer noch besser als das falsche Stöhnen einer Hure in einem Salzburger Puff.

# 17

Gruber ging nichts von der Hand. Er zupfte noch ein paar Minuten lang müßig herum, nahm die Gitarre dann wieder ab und stellte sie in die Ecke. Er schaltete den Verstärker aus, ging nach oben und setzte sich mit einem Glas Bier vor den Fernseher. Desinteressiert am Programm und leicht schläfrig. Dennoch kam er nicht zur Ruhe. Schön, das mit der Hochstätter war geklärt und würde für die Frau wohl auch kein Nachspiel haben, schon aus medizinischen Gründen. Aber auch die Liste mit den Anlegern, die ihnen Hauser schließlich als potentielle Täter präsentiert hatte, versprach nicht viel. Allesamt bestenfalls dubiose Figuren, soweit die Kollegen vom K 2 bislang ermittelt hatten. Somit blieb im Grunde nur einer übrig: Walter Schott. Konnte er es sich also erlauben, mit diesem Mann zu sympathisieren, der außerdem längst ein Fremder für ihn war? Und der sich im umgekehrten Fall wer weiß wie verhalten würde?

Sein Handy klingelte.

Bischoff, schon wieder.

„Haben Sie Ihren Freund zufällig danach gefragt, ob er gestern Abend zufällig in diesem Nachtclub, dieser Hochfelln-Klause, war?"

Gruber schluckte schwer. Hatte er wirklich

gedacht, er würde damit durchkommen? „Nein, habe ich nicht“, erwiderte er. „Warum sollte ich?“

Kurzes Schweigen, das wie eine Wand zwischen ihnen stand.

„Tut mir leid für Sie, aber dann werden Sie das jetzt wohl nachholen müssen“, sagte Bischoff schließlich.

„So?“

„Erinnern Sie sich an das Buch über Drehbuchautoren in Frau Hochstätters Wohnung? Ich habe mir erlaubt, es zu holen und diesem Barkeeper Schotts Foto zu zeigen. Er hat ihn eindeutig wiedererkannt.“

„Das beweist überhaupt nichts“, sagte Gruber, wohlwissend, wie lächerlich das klang.

„Schon möglich. Aber Sie wissen genau, dass wir jeden anderen unter diesen Umständen sofort festnehmen müssten.“

„Ich gehe der Sache nach. Noch heute Abend, okay?“

Bischoff zögerte kurz. „Einverstanden“, sagte sie dann. „Aber machen Sie keinen Fehler, nur weil er mal Ihr Freund war.“

## 18

Gruber blieb wie betäubt stehen und versuchte, seine Gedanken zu ordnen. Na schön, sagte er sich nach einer Weile dumpfen Brütens, tröste dich einfach damit, dass du keine andere Wahl hast. Er zog sich wieder ordentlich an, stieg in seinen Peugeot und fuhr zu Schotts Wohnung. Auch wenn er trotz der späten Stunde nicht damit rechnete, dass Schott zuhause war. Er sollte Recht behalten, niemand öffnete ihm. Er ging um den Block herum; in der Wohnung brannte kein Licht. Zurück in der Haslacher Straße, lehnte er sich an seinen Wagen und überlegte kurz, ob er einfach warten sollte, bis Schott aufkreuzte. Er blickte ein paar Jugendlichen nach, die mit viel Geplapper und Gelächter zum „Nanu“, einem Tanzlokal nebenan, strebten. Ein Laden, der seit rund zwanzig Jahren existierte, den er aber noch nie betreten hatte. Warum nicht, dachte er. Wenn Schott um diese Zeit irgendwo aufzutreiben war, dann in einer Kneipe. Er setzte sich wieder in Bewegung, doch Fehlanzeige. Ebenso im „Wochinger Bräuhaus“ gleich um die Ecke. Wohin jetzt, überlegte er, während er die St. Oswald-Straße stadteinwärts ging. Untere Stadt oder hinüber in die Bahnhofstraße ins „König Ludwig“? Er wählte letzteres, trank dort einen Espresso, und schaute anschließend im „Movie's" am Bahnhofplatz vorbei. Auch nichts. Die „Güterhalle" ließ er aus, ebenso den Club „Metro", stattdessen trabte er hinauf zum „Café Trés", wo er sich selbst gelegentlich aufhielt.

Der Laden war wie üblich gerammelt voll. Gruber blieb kurz am Eingang stehen und horchte auf die Musik: „Who'll stop the rain?" von Creedence Clearwater Revival. Eines seiner Lieblingsstücke. Er nickte ein, zwei bekannten Gesichtern zu, bekam von einem altgedienten Lokalreporter, mit dem er regelmäßig zu tun hatte, ein Schulterklopfen ab, und entdeckte Schott, der mit einer Flasche Pils in der Hand am Tresen stand. Neben sich eine junge, rothaarige Frau, die heftig gestikulierend auf ihn einredete. Er stellte sich einfach dazu. Die Frau verstummte und warf ihm einen finsteren Blick zu; Schott lächelte ironisch.

„Suchst du mich oder bist du rein zufällig hier?", fragte er.

„Wir müssen reden …", erwiderte Gruber kurz angebunden.

„Schade, war so ein hübscher Abend bis jetzt." Schott rückte ein wenig zur Seite, um Gruber Platz zu machen. Die Rothaarige rümpfte die Nase und verzog sich.

„Tatsächlich?“

„Ja … Bist du sicher, dass wir uns nicht einfach besaufen können, so wie andere zivilisierte Menschen auch?“

„Nichts lieber als das, aber erst erklärst du mir, was du gestern Abend in der Hochfelln-Klause wolltest?“

Schott straffte sich, stellte die Flasche ab und blickte suchend an Gruber vorbei in die Menge.

„Keine Sorge, ich bin allein hier. Das war ich dir schuldig …“, sagte Gruber schnell.

„Und das soll ich dir glauben?“ In Schotts Augen standen Zweifel und Misstrauen.

„Ja. Und ich habe auch kein Mikrophon an mir versteckt, wenn du das meinst? Ich bin als dein Freund hier.“

„Mein Freund, der Bulle!“

„Richtig. Ich weiß, was ich bin. Und jetzt möchte ich wissen, was du bist?“

„Ist das eine Frage oder ein Befehl?“

„Noch ist es eine Bitte. Aber morgen früh werde ich offiziell vorgehen müssen. Aber bitte, wenn dir das lieber ist.“

Sie starrten sich sekundenlang an, wie zwei Schauspieler, die nicht wussten, ob das Stück, in dem sie auftraten, ein Melodram oder eine Tragödie war.

„Warum belassen wir es nicht einfach dabei, dass es ein Zufall war?“, sagte Schott schließlich.

„Weil ich nicht an Zufälle glaube. Es sei denn, man führt sie selbst herbei.“

„Okay, wie du willst.“

Schott holte seine Brieftasche hervor, schob der Bedienung einen Zehn-Euroschein über den Tresen zu und bedeutete Gruber, ihm nach draußen zu folgen. Gruber beeilte sich, mit ihm Schritt zu halten. Zugleich fragte er sich, was er wohl im Falle eines Fluchtversuchs unternehmen würde. Wie viel Vorsprung er Schott zugestehen könnte, ohne sich selbst dadurch in Schwierigkeiten zu bringen? Eine Stunde? Den Rest der Nacht? Nur dumm, dass man sie jetzt zusammen gesehen hatte, aber auch für das würde er eine Erklärung finden.

Schott wandte sich stadteinwärts, holte nach einigen Metern tief Luft und sagte, ohne Gruber dabei anzuschauen: „Ich dachte, mich trifft der Schlag, als sie plötzlich, fast nebenbei, sagt: mit deiner Schwester hat er's ja auch gemacht …“

„Du hattest bis dahin also tatsächlich keine Ahnung?“

„Nein. Nicht mal einen Verdacht. Das ist ja das Unglaubliche. Ich habe nichts gemerkt all die Jahre.“

„Verstehe …“

„Und ich sage dir auch ganz ehrlich, dass ich vorhatte, mit ihm abzurechnen, und zwar richtig …“ Schott blieb stehen, packte Gruber am Arm und brachte sein Gesicht ganz nah an das von Gruber. „Ja, ich hatte vor, ihn umzubringen, wenn du es genau wissen willst. Hatte mir schon alles zurechtgelegt. Wie und wohin mit der Leiche und so weiter.“

„Aber …?“

„Nichts aber.“

Gruber war schockiert. „Du hättest ihn tatsächlich umgebracht, wenn jetzt diese Geschichte nicht dazwischen gekommen wäre?“

„Soweit man sich einer Sache sicher sein kann, ja …“

Schott löste sich von Gruber und steckte sich im Weitergehen eine Zigarette an.

„Dann verstehe ich nicht ganz, wieso du ihm in die Hochfelln-Klause gefolgt bist?“, fragte Gruber. „Hast du keine Angst gehabt, dass er dich ansprechen, dass man euch zusammen sehen könnte?“

Schott zuckte mit den Schultern.

„Vielleicht. Aber ich dachte, ich gehe lieber rein, bevor ich draußen blöd rumhänge und es vielleicht jemandem auffällt. Außerdem hatte ich einen schlechten Abend und wollte unbedingt was trinken.“

„Und auch reden …“

„Das auch.“ Schott blickte ihn erstaunt an. „Woher …?“

„Es war nicht Hauser, der dich erkannt und verraten hat. Das warst du selber, du Depp. Mit deinem Gerede über Jimi Hendrix und Fehmarn …“

„Echt? So ein Scheiß.“

Sie passierten, beide in Gedanken versunken, die Unterführung am Bahnhof und gingen hinab in Richtung Stadtplatz. Gruber war noch immer wie vor den Kopf gestoßen. Dass Schott zurück nach Traunstein gekommen war, um einen kaltblütigen Mord zu begehen! Es war einfach ungeheuerlich, der blanke Wahnsinn. So infantil, so dumm, so verantwortungslos.

„Soll ich dir sagen, was für dich spricht?“, sagte er dann.

„Unbedingt.“

„So wie ich dich kenne, wäre Hauser jetzt mausetot, hättest du wirklich auf ihn geschossen …“

„Gut zu wissen. Du vertraust mir also?“

„Ich habe dir immer vertraut. Deswegen hätte ich dich damals auch umbringen können. Haust einfach so ab nach Berlin, ohne jemandem auch nur Bescheid zu geben. Hättest doch verweigern können, so wie der Brandl-Peter auch, oder?“

„Hätte ich, klar. Aber stell dir vor, irgendwie

hatte ich keine Lust, wildfremden Menschen den Arsch abzuwischen."

„Ja, ja, schon gut. Aber das hättest du auch anders bewerkstelligen können. Ein paar Leute haben dich wirklich sehr vermisst."

Am Stadtpark angekommen, deutete Schott auf eine Bank und sie setzten sich. Schott steckte sich eine weitere Zigarette an und betrachtete seine Schuhe.

„Es gibt da allerdings immer noch ein paar Probleme", sagte Gruber.

„Und die wären?"

„Allein schon die Tatsache, dass der Täter vier Mal daneben geschossen hat, könnte man darauf zurückführen, dass er betrunken war. Und das wiederum würde genau auf dich passen."

„Hm, und was rätst du mir jetzt?"

„Kein Wort davon. Ich meine, sag kein Wort von dem, was du ursprünglich vorgehabt hast. Bleib einfach und stur bei der Behauptung, es wäre ein reiner Zufall gewesen. Damit dürftest du, zumindest strafrechtlich, aus dem Schneider sein."

„Ganz wie du meinst."

„Auf jeden Fall wirst du länger hier bleiben müssen, also such dir am besten nette Gesellschaft und bleib sauber."

Schott grinste vielsagend.

„Was ist so komisch daran?"

„Na ja, wenn das so ist, habe ich heute Abend schon den Anfang damit gemacht."

„Hast du im Trés jemanden kennen gelernt? Diese Rothaarige vielleicht?"

„Nicht im Trés. In einem Café in der Maxstraße. Schon letzte Woche. Ne ganz nette Frau. Bisschen naiv und esoterisch angehaucht, aber sonst …"

„Umso besser. Eine aus Traunstein?"

„Aus Siegsdorf …"

Gruber horchte auf. „Ach so? Wie heißt sie denn? Vielleicht kenne ich sie zufällig."

„Sie ist Bedienung in dem Laden da. Silvia Steinmetz …"

Gruber war, als habe er einen Schlag in die Magengrube abbekommen. Das konnte einfach nicht wahr sein.

„Wir waren heute Abend im Kino", fuhr Schott unbekümmert fort. „Eigentlich wollte ich sie gleich abschleppen, aber sie hat gemeint, wir sollten nichts überstürzen."

„Das hat sie wörtlich gesagt?", fragte Gruber, der sich nun wie der letzte Idiot vorkam.

„Ja. Also habe ich sie brav nachhause gebracht und bin ihr nur ein bisschen an die Wäsche gegangen …"

Gruber fiel in sich zusammen. Seine Eingeweide verkrampften sich und er hatte plötzlich Mühe, sich auf der Bank zu halten. Er spürte Schotts Hand auf seinem Arm.

„Was ist? Ist dir schlecht oder so?"

Er schüttelte Schotts Hand ab und erhob sich ungelenk. Wusste nicht, wohin.

„Was hast du denn plötzlich? Du wolltest doch wissen, wer sie ist …" Schott stand ebenfalls auf.

„Verdammt, halt endlich die Klappe …" Gruber versetzte Schott einen Stoß, der Schott fast umwarf. Erstaunt über die Wucht seiner Attacke, widerstand er der Versuchung, Schott noch einen Tritt in den Hintern zu versetzen. Stattdessen drehte er sich um und lief davon. Beschämt wie ein Schuljunge, der bei einem Streich erwischt worden war.

„Hey Mann, woher sollte ich wissen, dass du was mit der hast?", rief ihm Schott hinterher.

Jetzt nicht mehr, dachte Gruber.

„Morgen um neun bei mir im Büro. Du weißt ja, wo …" rief er über die Schulter zurück.

# 19

*Der Knochenmann stellte das Tablett auf dem Tisch ab, trat auf sie zu und ließ sich neben ihr aufs Bett fallen. Sie zuckte zusammen, blieb aber ruhig sitzen, den Blick auf das Tablett geheftet. Verbrannte Fischstäbchen mit klumpigem Kartoffelbrei und dazu ein Becher Joghurt.*

*„Na, geh schon“, sagte er und klopfte ihr dabei auf den Rücken. „Sollst ja groß und kräftig werden …“*

*Sie erhob sich und setzte sich an den Tisch. Das Plastikbesteck war schmierig wie immer und der Kartoffelbrei roch komisch. Sie unterdrückte einen Brechreiz, fasste mit spitzen Fingern nach Messer und Gabel und fing an zu essen. Sie hatte sich längst daran gewöhnt, dass er jeden ihrer Bisse verfolgte, aber unwohl war ihr noch immer dabei.*

*„Na, schmeckt's?“*

*Sie nickte mit vollem Mund. Sah aus den Augenwinkeln angeekelt zu, wie er sich rücklings auf dem Bett ausstreckte und seinen Hosenstall öffnete. Sie zwang sich, langsam zu essen. Auch wenn es schwer fiel. Schon um das, was der Mann als Nachtisch bezeichnete, so lange als möglich hinauszuschieben. Vielleicht hatte sie ja mal Glück und hatte für heute dann ihre Ruhe. Aber sie musste den Mann bei Laune halten. Wenn es einen Weg hier raus gab, dann nur über ihn. Der Fettsack kam viel zu selten. Und war auch anders, viel gleichgültiger.*

*„Soll ich dir aus der Stadt was besorgen lassen?“, fragte er. „Ne DVD vielleicht?“*

*Sie schüttelte den Kopf.*

*Besorgen lassen! Immer tat er so, als wären sie zu mehreren im Haus. Dabei war sie inzwischen sicher, dass er allein hier wohnte. Über ihr in einem uralten Haus, wie sie annahm.*

*Sie würgte, griff schnell nach der Wasserflasche und trank einen Schluck. Am liebsten hätte sie alles weggeschoben und gesagt, sie habe keinen Appetit. Aber das durfte sie nicht. Sie durfte ihn nicht verärgern. Und sie musste bei Kräften bleiben, unbedingt. Krank oder erschöpft hätte sie keine Chance.*

*„Wenn du besonders nett zu mir bist, könnte ich dich nachts mal in den Garten lassen, was meinst du?“*

*Sie schluckte hinunter und drehte den Kopf zu ihm. Sein Anblick ekelte sie an, aber was sollte sie machen?*

*„Echt?“*

*„Klar doch …“*

*„Und wann?“*

*„Das hängt natürlich ganz von dir ab. Habe ich doch gesagt …“*

## 20

Es war Punkt neun Uhr, als Schott aus dem Taxi stieg und sich dem Eingang der Polizeidirektion zuwandte. Er hatte schlecht geschlafen und ansatzweise ein schlechtes Gewissen wegen Grubers Freundin oder wer immer die Dame sein mochte, war ansonsten aber guter Dinge. Dass Gruber sein Eingeständnis bezüglich Hauser gegen ihn verwenden würde, daran glaubte er nicht. Und selbst wenn, könnte er alles abstreiten. Dennoch fragte er sich plötzlich, die Hand schon auf der Türklinke, ob er nicht vorsorglich ein paar Klamotten und Zahnputzzeug hätte mitnehmen sollen. Oder zumindest einen Anwalt. Aber der einzige Anwalt, dem er vertraute, war in Berlin.

Er erklärte dem Beamten am Empfangsschalter über die Gegensprechanlage sein Anliegen, aber während der Mann noch telefonierte, kam Gruber schon die Treppe herab und holte ihn hinein. Sie stiegen wortlos nebeneinander in den ersten Stock hoch, gingen einen Flur entlang, wo am Ende an einer geöffneten Tür eine junge, adrette gekleidete Frau auf sie wartete.

„Meine Kollegin, Frau Oberkommissarin Ulrike Bischoff", sagte Gruber.

„Angenehm", sagte Schott.

Schott betrat das Zimmer, in dem hinter einem Schreibtisch eine weitere Frau auf ihn wartete. Um die fünfzig, mit Brille, altmodischer Frisur und leicht griesgrämiger Miene.

„Mein Name ist Doktor Werner, Staatsanwaltschaft“, sagte sie, verbunden mit einem flüchtigen Händedruck, aber ohne sich dabei zu erheben. „Bitte, nehmen Sie Platz, Herr Schott.“

Schott setzte sich.

Gruber und Frau Bischoff blieben hinter ihm an der Tür stehen. Kein gutes Zeichen, dachte er.

Doktor Werner blätterte sekundenlang in ihren Unterlagen, blickte Schott dann mit verhaltener Neugierde an.

„Sie schreiben Drehbücher, Herr Schott?“ Eine rein rhetorische Frage.

„Ja.“

„Auch Krimis?“

„Sicher. Die laufen immer noch am besten.“

„Ein Mann mit Phantasie also. Und vertraut mit der Polizeiarbeit. Sozusagen mit allen Wassern gewaschen, rein theoretisch natürlich.“

Schott zuckte mit den Schultern und schwieg.

„Ihre Anwesenheit in diesem Nachtclub war also ein reiner Zufall“, sagte sie schließlich mit bedächtiger Stimme. „Genauso wie Ihre Anwesenheit in Traunstein, nachdem Sie rein zufällig vor kurzem erfahren haben, dass Herr Hauser Ihrer verstorbenen Schwester als Kind Gewalt angetan haben soll?“

„Sie ist nicht verstorben“, erwiderte Schott mit kalter Stimme.

„Wie bitte?“

„Sie hat sich einen Tag nach ihrem dreißigsten Geburtstag vor einen Zug geworfen. Angeblich, weil sie Depressionen hatte …“

„Ein Grund mehr für Sie, es Hauser heimzuzahlen.“

„Rein theoretisch, ja …“

„Nun, dann kommen wir doch zum vorgestrigen Abend. Oder genauer gesagt, auch zu der Zeit davor. Könnte es nicht so gewesen sein: Sie beschatten Hauser schon länger, weil Sie nach einer Gelegenheit suchen, sich an ihm zu rächen. Sie folgen ihm in dieses Lokal und beobachten seinen Streit mit Herrn Eckstein. Der nach dieser Auseinandersetzung das Lokal vor Hauser verlässt. Und der somit einen wunderbaren Sündenbock abgeben könnte. Also fahren sie schnell zu Hausers Anwesen raus, legen sich dort auf die Lauer, mit bekanntem Ergebnis. Was sagen Sie dazu?“

„Eine extrem wacklige Theorie, würde ich sagen. Ich habe diesen Eckstein vorher noch nie gesehen, wie sollte ich also davon ausgehen können, dass der Mann sowohl ein Motiv als auch kein Alibi haben könnte. Streiten kann man sich wegen tausend Sachen."

„Möglich, aber kommen wir zum nächsten Umstand, der gegen Sie spricht. Zu der Tatsache, dass Sie davon ausgehen konnten, dass niemand eine Verbindung zwischen Ihnen und Hausers Ermordung hätte herstellen können. Außer Frau Hochstätter natürlich, aber die wäre wohl die letzte gewesen, die Sie verraten hätte. "

Schott konnte sich ein Lachen nicht verkneifen.

„Aber genau das ist doch passiert", rief er aus. „Weswegen sitze ich denn hier? Weil Sie Zeugen haben, einen Revolver mit meinen Fingerabdrücken, oder weil Sie meine Visitenkarte am Tatort gefunden haben ...?"

„Sicherlich. Andererseits konnten Sie ja nicht ahnen, dass Frau Hochstätter sich als Täterin ausgeben und Sie da mit hineinziehen würde ..."

Schott schwieg.

„Aber gut , liefern Sie mir ein überzeugendes Alibi für die Tatzeit und schon sind wir fertig."

„Kann ich nicht", erwiderte Schott mit einem Schulterzucken. „Ich kann Ihnen höchstens sagen, wo ich nachher überall lang gefahren bin."

„Das wird nicht reichen, fürchte ich ..."

Nur ein Bluff oder nicht? Schott entschied, zum

Gegenangriff überzugehen. Die Aussicht, eventuell ein paar Tage in U-Haft zu verbringen, schreckte ihn nicht. Da hatte er weitaus Schlimmeres hinter sich. Er lehnte sich zurück und verschränkte die Arme vor seinem Oberkörper. Er sagte: „Ganz wie Sie meinen. Aber dann ist jetzt Schluss mit der Sprechstunde. Was Sie mir hier vorwerfen, ist einfach lächerlich. Sie haben nicht den geringsten Beweis, nur ein paar lausige Indizien. Kann sein, dass ich Herrn Hauser den Tod wünsche, kann sein, dass ich zur falschen Zeit am falschen Ort war, kann sein, dass ich kein Alibi habe, aber ich habe nicht auf ihn geschossen, aus, basta."

Der bemüht harte Blick der Staatsanwältin verriet Schott, dass er diese Runde für sich entschieden hatte.

## 21

„Also, noch mal von vorne: Was haben wir?"

Gruber tigerte in seinem Büro auf und ab und blickte Bischoff, die mit leicht verkrampfter Haltung vor seinem Schreibtisch hockte, herausfordernd an. Als nicht gleich eine Antwort kam, sagte er: „Wir haben einen Discobetreiber mit Unterweltverbindungen, um nicht zu sagen: Unterweltaktivitäten, der für meine Begriffe aber zu clever ist, um sich derart eine Blöße zu geben. Wir haben zweitens eine todkranke Ex-Frau, die es nur zu gerne gewesen sein wäre, aber zu neunundneunzig Prozent ausscheidet. Und wir haben drittens einen Mann, dem ich, offen gesagt, zwar alles mögliche zutraue, aber nicht, dass er betrunken einfach drauflos ballert, ohne Ziel und Plan. Hab ich was vergessen?"

„Hausers Kunden. Diese Drohbriefe …"

Gruber machte eine abfällige Handbewegung. „Ein Ablenkungsmanöver des wirklichen Täters, nichts weiter …"

„Und von was sollten wir abgelenkt werden?"

Gruber setzte sich wieder an seinen Schreibtisch und trank einen Schluck von seinem mittlerweile kalt gewordenen Kaffee. Er wischte sich das Kinn ab und starrte Bischoff an.

„Dieser Hauser ist doch ein ziemlich unangenehmer Zeitgenosse, mal vorsichtig formuliert. Da sind wir uns doch einig, oder?“, sagte er dann, etwas bedächtiger. „Auch wenn diese alten Geschichten nicht so ganz stimmen sollten?“

Bischoff nickte. „Er ist ein chauvinistisches Arschloch, platt formuliert.“

„Sehr richtig. Also fragen wir mal anders: Wer würde von Hausers Tod wirklich profitieren und nicht nur irgendwelche Rachegelüste befriedigen, sei es wegen seiner Geschäfte oder wegen seiner Sexaktivitäten? Wobei wir eines nicht vergessen sollten: Auch wenn wir nichts Genaues wissen, könnte der Mann möglicherweise ziemlich vermögend sein. Was heißt, dass es vermutlich auch fett was zu erben gäbe.“

„Worauf wollen Sie hinaus?“

„Auf das, wovon man regelmäßig hört: Dass eine Ehefrau einen Killer gesucht hat, um aus welchen Gründen auch immer ihren Mann loszuwerden. Und dass sie dabei an den Falschen geraten ist. Sei es, dass der Typ, den sie engagieren wollte, sie anschließend erpresst oder gar an die Polizei verraten hat, sei es, dass sie einen Deppen, der zu blöd für den Job war, damit beauftragt hat.“

Bischoff blieb skeptisch. „Überzeugt mich nicht“, sagte sie nach einer Pause. „Ich habe eher den Eindruck, Sie wollen nur von ihrem Drehbuchfreund ablenken."

„Der war's nicht, glauben Sie mir."

Gruber wandte sich ab und blickte zum Fenster hinaus. Er war immer noch erstaunt darüber, wie leicht es ihm letztendlich gefallen war, die Sache mit Schott und Silvia zu verkraften. Auch wenn er zunächst einmal stocksauer gewesen war. Aber nun wusste er wenigstens Bescheid und brauchte sich keine Illusionen mehr zu machen. War ihm definitiv klar geworden, dass Silvia und er niemals ein richtiges Paar werden würden. Dass die Frau nicht zu ihm stehen würde und er sich nicht auf sie verlassen könnte. Also, wenn es jemanden gab, auf den er böse sein konnte, dann war dies Silvia, und nicht Schott.

„Vielleicht wäre es klüger, Sie würden den Fall abgeben", unterbrach Bischoff Grubers Überlegungen.

„Vielleicht", gab Gruber zu, ohne Bischoff dabei anzusehen. „Aber mir spukt immer noch diese eine Bemerkung von ihr im Kopf herum."

„Und die wäre?"

„Als ich sie gefragt habe, was sie als erstes gemacht habe, nachdem die Schüsse gefallen waren: Sie hat gesagt, sie wäre sofort rausgerannt …"

„Na und? Was ist daran verwerflich?"

Gruber drehte sich wieder Bischoff zu.

„Es war schon fast dunkel und Sie haben doch gesehen, wie abgelegen das Haus liegt. Weit und breit kein Nachbar. Weit und breit niemand, den man um Hilfe bitten könnte. Aber sie hat nicht eine Sekunde gezögert, hat nicht erst nach ihrem Mann gerufen, hat nicht erst den Notruf betätigt. Ist einfach aufs Geratewohl raus ..."

„Das beweist noch gar nichts", sagte Bischoff.

„Das stimmt", sagte Gruber. „Aber es kommt noch etwas hinzu: Hauser hat als Jagdpächter doch einen Waffenschein, hat jede Menge Waffen im Haus, legale und vermutlich auch ein paar illegale darunter. Und ich könnte mir gut vorstellen, dass sie als die Frau eines Mannes, der regelmäßig auf die Jagd geht oder zumindest ein Gewehr mit sich herumschleppt, auch weiß, wie man mit so einem Ding umgeht. Also warum schnappt sie sich nicht eine seiner Flinten und geht damit ausgerüstet nachsehen?"

„Bisschen dünne, finden Sie nicht?"

„Aber Grund genug, um ein bisschen in ihrem Privatleben herumzuschnüffeln, denke ich."

„Jetzt gleich?"

„Warum nicht?"

## 22

Kurz hinter Chieming begann es wieder zu regnen. Wie aus Kübeln zu schütten. Gruber verzog angewidert das Gesicht.

„Ein Wetter wie im April", knurrte er. „Erst denkst du, gleich kriegst du einen Sonnenbrand, und im nächsten Augenblick wird man nass bis auf die Knochen."

„Sie und Ihr Freund, Sie haben sich doch ewig lang nicht gesehen", sagte Bischoff. „Und die Menschen ändern sich …"

„Der nicht", erwiderte Gruber, ohne lange zu überlegen. „Der war schon immer so."

„Und das wäre?

„Ein Draufgänger, altmodisch gesagt. Ein Typ, der sich was getraut hat …"

„Im Gegensatz zu Ihnen, oder wie?"

Gruber lächelte versonnen.

„Stimmt. Ich habe mich nie was getraut", sagte er nach einer Pause, leicht scherzhaft. „Außer Polizist zu werden …"

„Und was hätten Sie sich gern getraut?"

Gute Frage. Vom langen Marsch durch die Institutionen, so wie viele seiner Altersgenossen, hatte er jedenfalls nie geträumt. Und auch sonst hatte er kaum Wünsche oder großartige Pläne gehabt. Wie hatte gleich ein Bekannter mal gesagt: Pläne zu schmieden ist was für arme Leute. Warum also war er Polizist geworden? Er hatte nie richtig darüber nachgedacht. Vielleicht aus einer Mischung aus Protest und Flucht? Tatsache war nur, dass er sich durchaus wohl fühlte dabei. Oder wohlgefühlt hatte, bis diese schrecklichen Mädchenmorde passiert waren. Und er seitdem gegen eine Wand lief, Tag für Tag. Und das seit zwölf Jahren.

„Musik zu machen“, erwiderte er schließlich. „Das wär's gewesen. Gitarre in einer Rockband zu spielen und in der Welt herumzukommen …“

„Aber Sie haben brav auf Ihre Eltern gehört, die gesagt haben: Lern erst mal einen richtigen Beruf, denk ans Alter, mach die Negermusik doch zu deinem Hobby, wenn es schon unbedingt sein muss.“

„Genau.“

„Und, hat es geholfen, Polizist zu werden?“

„Geholfen? Gegen was?“

„Gegen die Abneigung, etwas zu riskieren?“

Gruber zuckte mit den Schultern. „Weiß nicht. Vielleicht …“

Der Kreisverkehr, an dem es geradeaus weiter nach Rosenheim und rechterhand in Richtung von Hausers Anwesen ging, kam in Sicht. Zugleich tauchte von rechts ein Wagen auf. Ein schwarzer

Golf. Mit einer Frau am Steuer. Bischoff bog ab, stieg dann unvermutet auf die Bremse und blickte durch die Heckscheibe nach dem Golf.

„Ich glaube, das war sie eben …“

„Die Hauser?“ Gruber hatte vor sich hingedöst und nicht auf die Fahrerin des Golf geachtet.

„Ja. Und sie fährt nicht nach Traunstein, so wie es aussieht?“

Gruber war plötzlich hellwach. „Interessant. Und warum folgen wir der Dame dann nicht?“

Bischoff gab wieder Gas, zugleich griff sie ruckartig nach der Handbremse, und ehe sich Gruber versah, hatte sie den Wagen um 180 Grad gedreht.

„Verdammt, wo haben Sie das denn gelernt?“

„Hat das so ausgesehen, als ob ich's irgendwo gelernt hätte?“

„Auch wieder wahr …“

Es dauerte keine halbe Minute, da hatten sie den Golf wieder vor sich. Bischoff blieb auf Abstand, zumal der Regen plötzlich wieder nachgelassen hatte und auch der Verkehr immer weniger wurde, je tiefer sie in das unübersichtliche Wald- und Moorgebiet vordrangen, das sich ringsum erstreckte. Nach etwa vier Kilometern bog Susanne Hauser in eine schmale, aber immerhin geteerte Nebenstraße ab und verschwand mit ihrem Golf in einem Waldstück.

Bischoff blieb dran.

„Vielleicht möchte sie nur einen Spaziergang machen?“, fragte sie.

„Bei dem Sauwetter? Und bei soviel Landschaft bei sich zuhause?“

Auf das Waldstück folgte offenes, sumpfiges Gelände mit vereinzelten Birken, ehe sie erneut einen Wald, durchsetzt mit viel dichtem Gestrüpp, durchquerten. Nach der dritten oder vierten Biegung passierte es dann: Mit einem Mal waren die Rücklichter des Golf verschwunden und sie hatten zugleich die Wahl. Entweder weiter die Straße entlang oder auf einen mit Steinen, Ziegelresten und Bauschutt halbwegs befestigten Waldweg abbiegen.

Bischoff stoppte und stellte den Motor ab. Sie stiegen aus und horchten. Nichts. Gruber suchte den Waldweg nach Reifenspuren ab. Auch nichts. Jedenfalls nicht auf den ersten Metern. Sie wollten eben wieder einsteigen, als aus einiger Entfernung ein Geräusch erklang, das sich nach dem Zuschlagen einer Autotür anhörte. Der Richtung nach irgendwo entlang des Wegs.

„Fahren Sie mal weiter“, bestimmte Gruber. „Ich sehe mich hier mal um.“

# 23

Schon nach wenigen Minuten bereute Gruber seinen Entschluss. Nach einem kurzen Sonnenintermezzo hatte es wieder zu regnen begonnen und der Weg, den er zunehmend verdrossen entlang stapfte, verlor sich immer mehr im Gebüsch. Vielleicht noch befahrbar für einen Geländewagen, sonst aber eine Sackgasse. Gleichzeitig verstärkte sich sein Verdacht. Wer zum Teufel fuhr schon hierher in diese Einöde, wenn er nicht etwas zu verbergen hatte? Hatte die Hauser vielleicht höchstpersönlich auf ihren Gatten gefeuert und war nun dabei, die Waffe zu entsorgen?

Er hatte etwa einen halben Kilometer zurückgelegt, als der Weg unvermutet zu Ende war und er am Rande eines nicht gerade vertrauenerweckenden Sumpfgebiets stand. Umkehren oder Pfadfinder spielen? Er schlug sich seitlich ins Gehölz, umging das morastige Areal und gelangte nach wenigen Minuten auf ein weitläufiges Latschenfeld, in dessen Mitte ein Hochstand aufragte. Wo er einen prima Überblick hätte. Er beschleunigte seine Schritte, darauf bedacht, nicht in einen der Tümpel zu stürzen, die sich gelegentlich vor ihm auftaten. Tückische Dinger, gefüllt mit schlammigen Wasser und vermutlich tief genug, dass man ganz schön dumm aussehen würde, sollte man hineinstürzen und niemand in der Nähe sein, der einem wieder raushalf. Doch er war nicht achtsam genug. Plötzlich rutschte ihm der rechte Fuß weg, er flog auf den Rücken und schlitterte genau auf eines dieser Dreckslöcher zu. Er versuchte noch, sich an einem Büschel Heidekraut festzukrallen, vergebens. Als er sich wieder aufrichtete, steckte er bis zu den Knien im Schlamm fest. Sekundenlang befiel ihn Panik. Herrgott, er würde doch nicht hier im Moor versinken und eine Moorleiche abgeben! Erst als er feststellte, dass er vorerst nicht weiter absackte, beruhigte sich sein Atem. So ein Mist! Schuhe und Hose waren jedenfalls ruiniert. Und sein Ruf auch, sollte jemand von diesem lächerlichen Missgeschick erfahren. Er verschnaufte noch eine Weile, stemmte sich mit den Ellbogen dann auf den Tümpelrand und zog sich mühevoll, ein Bein nach dem anderen, wieder an Land.

Expedition beendet, dachte er. Und er hatte gerade sein Handy rausgeholt, um Bischoff zu informieren, als er glaubte, Stimmen zu hören. Er peilte die Richtung an, rappelte sich auf und stolperte weiter. Vorbei an dem Hochstand und auf das Waldstück zu, das sich dahinter erstreckte. Dort zwischen den Fichten wurde es endlich lichter und er stieß auf einen Weg, ähnlich dem, von dem er abgegangen war. Die Stimmen waren mittlerweile längst verklungen, stattdessen vernahm er das Geräusch eines fahrenden Autos. Er folgte dem Weg und erreichte nach wenigen Minuten eine geteerte Straße, gerade noch rechtzeitig, um das Heck eines tomatenroten BMW-Sportcoupés ausmachen zu können. Er entzifferte in letzter Sekunde das Traunsteiner Kennzeichen, setzte sich dann auf einen Baumstumpf und griff erneut nach seinem Handy.

## 24

Schott schob seinen Teller zurück, wischte sich den Mund ab und leerte sein Bierglas. Dann lehnte er sich zurück, steckte er sich eine Zigarette an und betrachtete mit wohlgefälligem Blick das Treiben ringsum. Die Mittagsgäste brachen einer nach dem anderen wieder auf, zurück in die Tretmühle ihrer Büros; wer eintraf, waren weitere Touristen und die ersten Rentner, die hier im Schatten der Kastanienbäume den Nachmittag zu verbringen gedachten. Er war ansonsten kein großer Biergarten-Fan, aber hier beim Wochinger gefiel es ihm. Schon allein wegen der Nähe zu seiner Wohnung. Also würde auch er hier sitzen bleiben, Zeitung lesen, Leute betrachten und nebenbei den Nachmittag mit Bier ertränken. Dann ein kleines Schläfchen machen und abends die Stadt unsicher machen. Ganz so wie in alten Zeiten. Und so würde er es auch die nächsten Tage halten, würde sich gepflegt betrinken und die Bullen mit ihren Problemen allein lassen. Vielleicht hatten die Jungs ja Glück und fassten den Typ, der es auf Hauser abgesehen hatte. Falls nicht, auch gut. Dann würde Hauser wenigstens weiterhin vor Angst schwitzen.

Was für eine billige Ironie, dachte er.

Da hatte ihm doch glatt einer die Drecksarbeit abgenommen.

Er war einfach ein Glückspilz. Schon immer gewesen. Schon damals in Berlin und später sowieso.

Er hob sein Bierglas und sagte laut: „Salute, Amigo, wer immer du sein magst …"

Ein älterer Herr am Nachbartisch, der seine Brotzeit offensichtlich selbst mitgebracht hatte, schaute leicht irritiert zu ihm her.

Schott lächelte freundlich zurück. „Schmeckt es?", fragte er.

„Bestens, danke."

„Trinken Sie eine Halbe mit?"

„Gern. Aber net, dass Sie jetzt denken, i bin a Hungerleida. I bin nur a bisserl speziell, was mei Essen angeht." Der Mann packte den Rest seines Käsebrots zusammen und prostete Schott zu.

„Haben Sie eigentlich gwusst, dass des früher sogar Bedingung war, dass die Gäste ihr eigenes Essen mitbringen?", fragte er dann. „Dass die Bierkeller zwar Bier ausschenken, aber koane Mahlzeiten servieren haben dürfen?"

Schott schüttelte den Kopf. „Nein. Und warum?"

„Damits dene Gastwirte koa Konkurrenz machen, deswegn. Und des is laut Biergartenverordnung heit no gültig. In Biergärten, die zu Brauereien gehören, derf jeder zum Essen mitbringen, was er mog. "

„Aha …"

„Dann wissns wahrscheinlich a net, wie die Biergärten überhaupt entstanden san?"

„Ich dachte immer, wegen der Nähe zur frischen Luft …"

Der Mann hob anerkennend die Hand. „A net schlecht. Aber Bier habens früher ja nur im Winter hergstellt. Dabei schmeckts im Sommer ja besonders guat. Also haben die größeren Bierbrauer zwecks der Kühlung Keller angelegt und Kastanienbamm drauf pflanzt , weil die an guaten Schatten geben. Und dazu habens Kies aufn Boden gstrat. Zuerst haben die Leit des Bier noch im Krug hoam tragen, aber im Sommer habens dann oft liaba gleich an Ort und Stelle trunga. Und die Brauer, net blöd, haben sich schnell drauf eingstellt und Bänke und Tische aufgestellt. Und deswegn sitzma heit do."

„Interessant …"

Als Schott sich nach der Bedienung umblickte, verflüchtigte sich seine gute Laune. Am Eingang stand Monika Hochstätter und blickte sich suchend um. Blöde Kuh, dachte er. Aber da hatte sie ihn schon entdeckt und kam auf ihn zu.

„Habe mir schon gedacht, dass ich dich hier vielleicht finde“, sagte sie und griff nach einem Stuhl. „Darf ich oder erwartest du jemanden?“

Schott machte eine vage Handbewegung. „Wenn es unbedingt sein muss“, erwiderte er missmutig.

Monika Hochstätter setzte sich Schott gegenüber und nahm ihre Sonnenbrille ab.

„Ich hab Scheiß gebaut, tut mir leid …“, sagte sie, als Schott keine Anstalten machte, ein Gespräch zu eröffnen.

„Scheiß gebaut ist gut! Ich frag mich wirklich, wie ein einzelner Mensch so blöd sein kann. Mit etwas weniger Glück würde ich jetzt im Knast sitzen und einer Anklage wegen Mordversuchs entgegenschauen …“

Schott mochte gar nicht daran denken, was passiert wäre, hätte er seinen Plan, Hauser von der Bildfläche verschwinden zu lassen, tatsächlich ausgeführt. Und Monika Hochstätter wäre wie gehabt zur Polizei marschiert und hätte sich der Tat bezichtigt. Hätte irgendeine wüste Story erfunden, wie sie Hauser beiseite geschaffte habe, ohne sich jetzt noch an Einzelheiten erinnern zu können. Und hätte dann zu guter Letzt die Bullen auf seine Spur gebracht.

„Ja, ich weiß …“, kam es matt zurück.

„Wie bist du bloß auf diese Schnapsidee gekommen, dich als Täterin auszugeben? Ich meine, nicht dass die Bullen besonders intelligent wären, aber so blöd sind sie nun auch wieder nicht.“

Monika Hochstätter schwieg.

„Und mich dann auch noch da hineinzuziehen?“

„Ich dachte … Ich meine, wegen dem Buch. Du hast doch selber gesagt, ohne Publicity läuft heute überhaupt nichts.“

„Toll …“

„Und wegen dir, ich hätte schon nichts gesagt. Aber diese eine Polizistin gab einfach keine Ruhe, wollte unbedingt wissen, was damals mit der Astrid war und so …“

Die Bedienung blieb an ihrem Tisch stehen und schenkte Schott ein Lächeln.

„Ich zahle dann“, sagte Schott. Und mit einer Handbewegung zu dem Selbstversorger am Nebentisch. „Inklusive einer Halbe für den Herrn da.“

Die Bedienung kassierte, Schott setzte seine Sonnenbrille auf und überlegte, wohin er gehen könnte. Wobei er kurz mit dem Gedanken spielte, Traunstein auf der Stelle den Rücken zu kehren und irgendwo Urlaub zu machen, weit weg von diesem ganzen Schlamassel.

Monika Hochstätter blickte ihn, über den Tisch gebeugt, mit leicht verzweifelter Miene an.

„Das heißt dann wohl, dass ich von dir nichts mehr zu erwarten habe?“, fragte sie.

„Ganz richtig …“

Schotts Handy klingelte. Der Blick auf das Display verriet ihm nichts. Er ging ran. Es war Silvia Steinmetz. Seltsam. Er konnte sich nicht daran erinnern, dass er der Frau seine Handynummer gegeben hatte

„Bei dir alles klar?“, fragte sie.

„Bestens.“

„Können wir uns heute Abend treffen?“

Mist, dachte Schott. Schon wieder ein Problem, das er auf die Reihe kriegen musste.

„Was ist, bist du noch dran?“

„Ja, klar. Schlag was vor.“

„Das überlasse ich dir …“

„Sagen wir um neun im Kriegenhofer“, erwiderte Schott, um Zeit zu gewinnen. Gleichzeitig griff er nach seiner Zeitung, stand auf und ging, ohne Monika Hochstätter noch eines Blickes zu würdigen.

## 25

Gruber erblickte ihn zuerst. „Da kommt er ja endlich, unser Scharfschütze …"

Bischoff folgte seinem Blick.

Der Mann, dessen Autokennzeichen Gruber erspäht hatte, lief vor ihnen über die Fahrbahn und hielt auf den Pizzaservice-Laden rechts an der Ecke zu. Er war gut einsneunzig groß, kräftig gebaut mit Neigung zur Korpulenz, lässig gekleidet und hatte sein langes, glattes, pechschwarzes Haar zu einem Pferdeschwanz zusammengebunden. Entsprach somit exakt seinem Spitznamen, den er im Knast erworben hatte: Freddie, der Chiemsee-Indianer. Bürgerlich Alfred Mittermaier, 1977 in Prien geboren, wo er derzeit auch wohnhaft war. Von Beruf gelernter Koch, dann umgeschult auf Masseur und etliche Haftstrafen wegen schwerer Körperverletzung, Autodiebstahls und unerlaubten Waffenbesitzes auf dem breiten Buckel.

„Noch ist es nicht mehr als ein Verdacht?", sagte Bischoff.

„Wenn Sie einen besseren Kandidaten wissen, nur zu", erwiderte Gruber leicht gereizt. Natürlich hatten sie bislang nichts in der Hand gegen den Mann. Aber sein Instinkt sagte ihm, dass sie auf der richtigen Fährte waren. Zumal Mittermaier wunderbar ins Bild passte. Ein hundertfünfzigprozentiger Kleinkrimineller, der dumm genug war, um sich drei Mal erwischen zu lassen, war auch dämlich genug, um einen Mordauftrag so herrlich zu verpatzen wie geschehen.

Mittermaier verschwand in dem einstöckigen Gebäude, wo er im Obergeschoss über dem Pizzaservice eine Wohnung gemietet hatte, erreichbar über einen separaten Eingang und eine Holztreppe in einem mit Sperrmüll vollgestopften Flur.

„Und jetzt?“, fragte Bischoff.

„Abwarten, was sonst …“

Bischoff stöhnte auf.

Grubers Handy ertönte. Der Signalton für eine eingetroffene SMS. Auch das noch, dachte er und zögerte kurz, sich die Nachricht anzuschauen. Es gab so gut wie niemanden außer Silvia, der ihm eine SMS schicken würde. Gewöhnlich Absagen oder Vertröstungen auf später. Richtig, es war Silvias Nummer. Er drückte auf „Lesen“.

„Es ist besser, wir machen Schluss. Wir passen einfach nicht zueinander. Such dir eine andere.“

Kein Gruß, kein liebes Wort, nichts. Einfach vor die Tür gestellt. Ende einer Affäre.

„Was Unangenehmes?“, fragte Bischoff.

„Ich werd’s überleben“, sagte Gruber, mehr zu sich selbst.

## 26

Sie hatte sich richtig fein gemacht, und Schott wünschte sich plötzlich, er könnte auf sie eingehen. Könnte ihr das bieten, was sie vermutlich von ihm erwartete. Etwas Aufregung, etwas Zuneigung, etwas Komfort. Aber nichts da. Was jetzt angesagt war, war ein eleganter Rückzieher, bei dem sie beide ihr Gesicht wahren konnten. Schon Gruber zuliebe. Er winkte ihr zu, schon etwas unsicher auf den Beinen, und fragte sie, was sie trinken wolle.

„Einen Campari mit Orangensaft", erwiderte sie.

Er gab die Bestellung weiter und deutete zu einem soeben frei gewordenen Tisch. „Setzen wir uns doch."

„Was ist?", fragte sie, nachdem sie Platz genommen und Schott seinen nächsten Tequila in sich hineingeschüttet hatte. „Du warst am Telefon so komisch? Bist du sauer wegen gestern Abend?"

„Überhaupt nicht. Ich habe heute Mittag nur dummerweise erfahren, dass ich weg muss."

„Was?"

Schott nickte mit gewichtiger Miene. „Ein Angebot von meinem Agenten, das ich unmöglich ausschlagen kann. Ich soll einen Roman adaptieren, für eine große deutsche Kinoproduktion, und das möglichst gestern … So eine Chance kommt so schnell nicht wieder“, fügte er hinzu.

Die Enttäuschung stand ihr ins Gesicht geschrieben. „Aber, ich dachte … Ich meine, hast du gestern nicht gesagt, ein Drehbuch kann mal überall schreiben?“

Schott nickte erneut. „Klar, kann man. Aber in diesem speziellen Fall will der Regisseur, der auch schon feststeht, von Anfang an mit dabei sein. Der kommt auch schon nächste Woche nach Berlin und verlangt dann wahrscheinlich, dass ich mit ihm nach Mallorca komme oder sonst wohin, wo die Typen alle ihren Zweitwohnsitz haben. Tut mir wirklich leid.“

„Und du kommst nicht wieder, schätze ich mal?“

„Ich fürchte, nein.“

„Und deine Wohnung?“

„Erledigt alles ein Makler …“

„Na schön, dann hast auch sicher nichts dagegen, wenn ich dich jetzt allein lasse. Und wenn du es genau wissen willst: Mit einem Säufer hätte ich mich ohnehin nicht eingelassen …“ Sie stand auf, warf ihm einen leicht verächtlichen Blick zu und marschierte hoch erhobenen Haupts zur Tür hinaus.

Those were the days, my friend, dachte Schott erleichtert.

Er nahm den Campari in Empfang, legte den Strohhalm im Aschenbecher ab und trank das Glas mit wenigen Schlucken leer. Nebenbei betrachtete er verstohlen die zwei Männer, die vor wenigen Minuten die Kneipe betreten hatten. Augenscheinlich keine Stammgäste, so wie sie sich umschauten und bewegten. Und mit klarer Rangordnung, wie er nun registrierte. Chef der beiden war eindeutig der Blonde mit der Stirnnarbe, ein schlanker, smart wirkender Enddreißiger. Der andere, ein gedrungener Mittzwanziger mit glattrasiertem Schädel, roch dagegen nach Laufbursche. Sie standen am Tresen, tranken Bier aus der Flasche und wechselten hin und wieder ein Wort.

Zivilbullen, die sich als Ganoven ausgaben? Nicht sehr wahrscheinlich, hier in der Provinz. Zumal die beiden verdammt authentisch wirkten. Bei Schott klingelten ein paar Alarmglocken. Aber wer sollte es auf ihn abgesehen haben, wenn nicht die Bullen?

Egal, dachte er und bedeutete der Bedienung, für Nachschub zu sorgen.

## 27

Erst nachdem er die Kneipe verlassen hatte und als erstes der Länge nach hingefallen war, merkte Schott, wie betrunken er war. Er kam mit einiger Mühe wieder auf die Beine, rieb sich das angeschlagene Knie und humpelte weiter. Hielt sich hier und da fest und sinnierte bei so manchem Gebäude, ob und was sich verändert hatte. Der Getränkevertrieb gegenüber, war da früher nicht der Hondahändler gewesen, bei dem er seinen ersten Wagen gekauft hatte, einen gebrauchten Prinz 1000, den er zwei Wochen später frontal gegen einen Baum gesetzt hatte? Auch das Fotogeschäft ein paar Ecken weiter war weg, hatte einem Geschäft für Gardinen Platz gemacht. Er verschnaufte kurz und schaute zum Vereinshaus hinüber, wo schon lange nichts mehr stattfand. Wie war gleich noch mal der Name der Band gewesen, nach deren Auftritt er mit Gruber stundenlang diskutiert hatte? Genau, „Sir Archibald's Purple Guard", die den Jimi Hendrix derart gut nachgespielt hatten, dass viele meinten, das ginge nicht mit rechten Dingen zu.

Ein Taxi rollte heran, der Fahrer warf Schott einen fragenden Blick zu. Schott zögerte kurz, entschied dann, auch den Rest des Weges zu Fuß zurückzulegen. Er winkte ab, lief hinter dem Taxi über die Straße, ließ eine Kneipe namens „Downtown“ links liegen und wandte sich dem Weg entlang des Mühlbachs zu. Er vermied es, die kleine Brücke in den Seehuberweg hinüber zu betreten, in das mittlerweile vergiftete Revier seiner Kindheit. Und wieso auch? Das Haus mit der elterlichen Wohnung hatte längst einem Neubau weichen müssen, und besonders sehenswert war die Ecke ohnehin nie gewesen. Also blieb er weiter auf dem Gehsteig in Richtung Wasserwerk, wo ein schmaler Steg ebenfalls zur Innenstadt hinüber führte. Dann noch den Salinenberg rauf und schon wäre er zuhause. Es sei denn, er machte noch einen Abstecher ins „Nanu“ und bieselte denen das Klo voll.

Als er ein Husten hinter sich hörte, drehte er sich um. Auf der Brücke stand ein jüngerer, dunkel gekleideter Mann und hielt sich eben die Hand vor den Mund. Auch so ein Nachtvogel, dachte Schott. Und er hatte den Steg schon vor Augen, als auf der Straße neben ihm ein Wagen heranfuhr und dann mit Schritttempo auf seiner Höhe blieb. Ein schwarzer BMW, besetzt mit zwei ebenfalls jüngeren Männern, die ihn mit ausdruckslosen Gesichtern musterten.

Mächtig viel los noch, dachte Schott. Erst als er den Beifahrer erkannte, wurde ihm doch leicht mulmig zumute. Es war der Glatzkopf aus dem „Kriegenhofer". Er warf einen Blick zu dem Husterer, der immer noch dastand, nur ein gutes Stück näher jetzt. Verdammt, was sollte dieser Auflauf hier? Irgendetwas braute sich hier zusammen. Falls es tatsächlich Bullen in Zivil waren, die ihn überwachten sollten, fand er ihre Methoden schon recht seltsam. Warum liefen sie nicht gleich mit einem Schild „Vorsicht, Bulle" um den Hals herum? Aber ein Raubüberfall, mitten in der Stadt, ausgeführt von drei erwachsenen Männern? Er mochte nicht daran glauben. Wer riskierte schon ein paar Jahre Knast wegen eines Handys und etwas Bargeld? Aber was dann? Hatte ihm Gruber ein paar Schläger auf den Hals gehetzt, um sich nachträglich wegen Silvia zu rächen? Die Leute dafür hätte er wohl. Vielleicht waren es sogar Kollegen von ihm. Die ihn jetzt in den Mühlbach werfen würden. Oder sich sonst einen Spaß mit ihm erlauben würden.

Er blickte auf die Häuser um sich. Nirgendwo brannte mehr Licht. Und selbst wenn, was hätte er damit schon gewonnen? Er widerstand dem Impuls, einfach loszurennen. Wenn im Drehbuch das stand, was er befürchtete, hätte er ohnehin keine Chance. Und er würde sich obendrein auch noch lächerlich machen, mehr nicht. Alles nur eine Frage der Haltung, sagte er sich dann. Vielleicht könnte er sie damit verscheuchen. Wenn nicht, würde er eben mit Haltung untergehen.

Er straffte sich und blieb stehen, fixierte den Glatzkopf. Der im nächsten Augenblick dem Fahrer ein Zeichen gab, der wiederum aufs Gas stieg und mit seiner Kiste gleich darauf aus Schotts Blickfeld verschwunden war. Schott atmete befreit aus und schaute sich nach dem Husterer um. Der Mann war nun auf Tuchfühlung heran, ein drahtiger Kerl mit unscheinbarem Gesicht, der ihm zunickte und dann eilends weiterging. Na also, dachte Schott, es geht doch. Aber er hatte den Steg kaum überquert, als die drei Männer wieder auftauchten, zwei von rechts, einer von links, und ihm wortlos den Weg versperrten. Schatten der Gewalt mit eindeutiger Absicht. Schott ergab sich seinem Schicksal. In einer anderen Zeit, als anderer Mensch, hätte er versucht, mit den Jungs zu reden. Einen Deal mit ihnen zu machen, irgendetwas. Aber nicht heute, nicht in dieser Nacht.

Er hob die Fäuste und sagte nur: „Also dann, ihr Arschlöcher, antreten."

Aber schon sein erster Schlag, ein rechter Haken, gezielt auf das Kinn des Glatzköpfigen, traf ins Leere. Er versuchte, mit einer geraden Linken nachzuziehen, vergebens. Alles, was er erntete, war leises Hohngelächter. Gefolgt von einem Hieb in den Nacken, der ihn zum Torkeln brachte. Weitere Schläge in den Rücken und ein Tritt in den Unterleib raubten ihm die Luft zum Atmen. Er ruderte hilflos mit den Armen, bis ihn der Schmerz erst in die Knie und dann zu Boden zwang. Er fiel vorne über, das Kinn an die Brust gepresst, die Hände schützend um den Kopf geschlungen. Erhielt jede Menge weiterer Tritte in die Rippen, gegen die Schultern, auf die Nieren, bis sie endlich von ihm abließen und ebenso wortlos verschwanden.

## 28

„Hör mal, du spinnst wohl"

Gruber war entrüstet. So leid ihm Schott auch tat, aber diese Unterstellung war einfach unglaublich. Polizisten als gemeine Schläger! Schott schien wirklich den Verstand verloren zu haben. Dabei hatte er sich die größten Sorgen gemacht, als er bei der morgendlichen Besprechung von dem Zwischenfall erfahren hatte. Dass Schott, übel zusammengeschlagen, aufgefunden und ins Krankenhaus eingeliefert worden war. Zum Glück war der Befund, den ihm die Stationsärztin vorhin mitgeteilt hatte, nur halb so drastisch ausgefallen: Keine nennenswerten Verletzungen im Gesicht oder am Kopf, nur zwei gebrochene Rippen und jede Menge Prellungen, besonders in der Nierengegend.

„Es war jedenfalls kein Zufall", erwiderte Schott. „Und es waren Profis. Die haben genau gewusst, was sie wollten, wie weit sie gehen durften. Ganz abgesehen davon, dass sie nachher gleich den Sanka alarmiert haben."

„Und jetzt glaubst du im Ernst, dass ich dahinterstecken könnte? Weil du ausgerechnet die Frau, mit der ich was habe, angebaggert hast?"

„Warum nicht? So wütend, wie du warst …"

Gruber schüttelte den Kopf. „Ich war nicht wütend. Jedenfalls nicht in erster Linie. Nur enttäuscht …"

Gruber setzte sich wieder auf seinen Stuhl, faltete die Hände und blickte Schott nachdenklich an. „Wenn ich es nicht war, und wer wüsste das besser als ich, kommt eigentlich nur einer in Frage", sagte er.

„Und wer?"

„Unser Freund Hauser …"

„Daran hab ich auch schon gedacht. Aber wie?"

„Er weiß über seinen Anwalt Bescheid über dich. Ließ sich leider nicht vermeiden. Und er kennt da einen Discobetreiber in Rosenheim. Einen ganz ausgefuchsten Typ mit allen möglichen Beziehungen. So was zu arrangieren wäre für den ein Klacks. Du würdest die drei doch wiedererkennen, oder?"

„Schon möglich, aber was soll's …"

Eine Krankenschwester trat ins Zimmer und kündigte an, dass gleich Visite wäre.

„Eine Minute noch …", sagte Gruber.

„Ist gut."

„Ach ja, was ich noch sagen wollte, so als kleine Aufmunterung", sagte Gruber, sowie sie wieder allein waren. „Wir haben da vielleicht eine heiße Spur …"

„Tatsächlich? Doch einer seiner Kunden?"

„Wart's ab. Ich halte dich auf dem Laufenden, okay? Und jetzt gute Besserung." Gruber drohte ihm mit dem Zeigefinger. „Und lass die Schwestern in Ruhe, hörst du?"

„Mache ich …"

Gruber erhob sich und wandte sich zur Tür.

„Tut mir jedenfalls leid, das mit deiner Freundin", sagte Schott rasch noch. „Aber wie hätte ich wissen können …"

„Vergiss es. Die Sache hat sich erledigt."

„Noch was", rief Schott. „Kannst du mir vielleicht ein paar Bücher besorgen? Irgendwas Spannendes."

# 29

Das Landleben war nicht Susannes Hausers Ding! So viel stand für Gruber fest, nachdem sie ihren Rundgang um das Anwesen beendet hatten. Und die Frau eher desinteressiert und ohne jeden Besitzerstolz auf all die Umbaumaßnahmen hingewiesen hatte, die nötig gewesen waren, um aus der „alten Hütte“ ein komfortables Landhaus mit allen Finessen zu machen.

„Eine Menge Arbeit, das sehe ich, aber immerhin haben Sie jetzt ein Objekt, das gut und gern seine Million wert ist“, sagte Gruber, als sie wieder vor der Haustür standen.

Susanne Hauser nickte. „Ja, wenn man es so sieht ...“ Sie warf einen leicht ungeduldigen Blick auf ihre Armbanduhr. „Und was diesen komischen Schriftsteller angeht, so können Sie wirklich nichts unternehmen?“, fragte sie dann.

Gruber zuckte mit den Schultern. „Wie ich vorhin schon sagte: Wir halten ihn nach wie vor für den Hauptverdächtigen, aber uns fehlen einfach die Beweise. Also was sollen wir machen? Natürlich bleiben wir dran, mit allen Kräften, die wir haben. Aber wir können es ja schlecht wie die Amerikaner machen, ihn irgendwohin ins Ausland schaffen, dort einsperren und zum Reden bringen.“

„Warum nicht? Meinen Segen hätten Sie …"

Das glaube ich dir gerne, du falsches Stück, dachte Gruber.

„Aber keine Sorge", sagte er. „Früher oder später haben wir noch jeden überführt. Alles nur eine Frage der Zeit."

„So? Eine ziemlich gewagte Aussage, finden Sie nicht?"

„Wie bitte?"

„Sind inzwischen nicht über acht Wochen vergangen, seit dieses arme Mädchen verschwunden ist? Von den beiden anderen gar nicht zu reden …"

Gruber schwieg betreten.

Irgendwo im Haus klingelte ein Telefon. Die Frau ließ Gruber einfach stehen und ging hinein. Gruber folgte ihr in den geräumigen Hausflur und wandte sich der ersten Tür rechts zu, die ihm, halb geöffnet, einen Blick auf Hausers Waffenschrank gewährte. Er stieß die Tür ganz auf und betrat das Zimmer. Es war ausgestattet mit einem wuchtigen Schreibtisch, etlichen Aktenregalen, ein paar Jagdtrophäen an den Wänden sowie einem halben Dutzend Jagdflinten hinter Glas, die er nun eingehend inspizierte.

„Das war eben mein Mann", erklärte Susanne Hauser von der Tür her. „Er wird morgen früh entlassen." Es klang nicht gerade begeistert.

„Die sehen auch nicht gerade billig aus“, sagte Gruber mit Blick auf die Flinten. „Noch echte Handarbeit, was?“

„Ja. Auch so ein Hobby von ihm.“

„Können Sie auch mit einem Gewehr umgehen?“, fragte er.

„Er hat’s mir mal gezeigt. Für alle Fälle. Vor ein paar Jahren wurde hier in der Gegend mehrmals eingebrochen.“

„Verstehe …“

Gruber wandte sich ab und nahm beiläufig eine überraschend schwere, goldfarbene Buddha-Figur, die neben der Tür auf einer Anrichte stand, in die Hand.

„Vorsicht“, sagte Susanne Hauser. „Die ist mehr wert als alles andere hier drin zusammen.“

„Tatsächlich?“

„Ja. Hat ihm einer seiner Kunden geschenkt …“ Sie warf erneut einen Blick auf die Uhr. „Aber ich müsste jetzt langsam wirklich los.“

Gruber nickte. Er stellte den Buddha wieder ab und ging hinaus. Die Frau begleitete ihn zum Wagen.

„War jedenfalls nett, dass Sie vorbeigekommen sind.“ Sie hielt Gruber die Hand hin. „Falls wir uns nicht mehr sehen sollten, alles Gute und viel Erfolg.“

# 30

„Wenn Sie das hier überstanden haben, sollten wir über ein paar Dinge reden", sagte die Ärztin zu Schott. „Ich meine, ich möchte Sie zu nichts drängen, und es ist auch nichts dabei, was jetzt eine Katastrophe wäre, aber ..."

„Mit anderen Worten, Sie wollen mich noch hier behalten?", unterbrach Schott, der längst geahnt hatte, dass bei all den Untersuchungen, die man inzwischen bei ihm durchgeführt hatte, auch ein paar unerfreuliche Tatsachen zutage getreten waren. Zumal er in den letzten acht, zehn Jahren nur regelmäßig einen Zahnarzt konsultiert, in punkto Vorbeugung sonst aber nichts unternommen hatte.

„Wenn Sie einverstanden sind?"

„Nächste Woche, okay, dann gehen wir die Sache an", sagte er. „Mit allen Konsequenzen."

„Das ist ein Wort." Noch ein aufmunterndes Lächeln, und sie verschwand zur Tür hinaus.

Schott rückte sich das Kissen zurecht und griff nach einem der Taschenbücher, die Gruber für ihn am Krankenhauskiosk gekauft hatte. Sein Rücken schmerzte und seine gebrochenen Rippen machten jeden Atemzug zu einer leichten Qual, aber es war nichts, worüber er sich groß beklagen wollte. Jedenfalls nichts im Vergleich zu der Buskarambolage damals mitten in der mexikanischen Hochland-Einöde. Wo er stundenlang neben Toten und Schwerstverletzten gelegen hatte, ehe man ihn endlich nach Durango ins Krankenhaus geschafft hatte. Nur weil sich dieser Schwachkopf von Chauffeur ein Wettrennen mit einem ebenso verrückten Kollegen liefern musste.

Er schlug das Buch auf, erfreut über Grubers guten Geschmack. Ein Thriller mit dem Titel „Blondes Gift", der äußerst vielversprechend anfing. Was wollte er mehr, in seiner Situation? Versunken in seiner Lektüre, merkte er zunächst gar nicht, dass jemand das Zimmer betreten hatte. Er blickte auf, und sah Hauser, der sich am Bettende aufgebaut hatte. Mit Kopfverband und einem hämischen Grinsen im aufgedunsenen, von zahlreichen winzigen Narben verzierten Gesicht. Schotts Hand zuckte unwillkürlich zum Klingelknopf.

„Keine Angst, ich werde dir nicht gleich den Hals umdrehen", sagte Hauser rasch. „Wollte nur mal sehen, wie es dir geht, du falscher Hund …"

„Besser als dir, hoffe ich."

„So, meinst du?"

Schott schwieg.

„Na ja, wenn ich schon mal hier bin, kann ich dir auch gleich eine kleine Geschichte erzählen."

„Scheiß auf deine Geschichte", erwiderte Schott. „Zieh Leine, aber fix …"

Hauser rührte sich nicht von der Stelle. Nur sein Grinsen verstärkte sich und er rüttelte leicht am Bettgestell.

„Du glaubst wohl, deine kleine Schwester war eine Heilige", sagte er dann. „Aber da muss ich dich leider enttäuschen. Sie war alles andere als eine Heilige, die für ein Taschengeld jeden rangelassen hat. Ich war zufällig nur der Erste in der Reihe."

Schott warf ihm das Buch an den Kopf. Ohne großen Erfolg. Hauser trat nur zur Seite und blickte Schott mit einer Mischung aus Wut und Verachtung an. Schott hätte sich am liebsten unter der Bettdecke verkrochen, nahm sich aber zusammen. Er traute Hauser mittlerweile alles zu.

„Und soll ich dir noch was sagen?" Hauser kam nun doch bedrohlich näher, die rechte Hand wie zum Schlag erhoben. „Am Ende hat sie mich richtig darum gebettelt, dass ich's ihr besorge, das kleine Luder."

Schott drückte auf die Klingel.

Hauser wandte sich ab.

„Ach übrigens, glaube nur nicht, das wäre schon alles gewesen", sagte er, schon an der Tür. „Das gestern Nacht war sozusagen erst die Vorspeise. Der Hauptgang kommt noch. Irgendwann, wenn du am wenigsten damit rechnest. Und dann wirst du verdammt noch mal von Glück sagen können, wenn du nur im Rollstuhl landest …“ Damit drehte er sich endgültig um und riss die Tür auf. Prallte dabei gegen eine füllige Krankenschwester, die mit besorgtem Gesichtsausdruck erst Schott und dann Hauser musterte.

„Bin schon weg, meine Liebe“, sagte Hauser

„Warte noch einen Moment“, rief ihm Schott kurzentschlossen nach.

„Was?“

„Ich wollte, es wäre anders, aber ich war's nicht, hörst du?“, sagte er mit bemüht fester Stimme. „Das heißt, wenn hier einer angeschmiert ist, dann bist das du.“

„Klar doch …“

„Gibt es Probleme?“, mischte sich die Krankenschwester ein.

Hauser ignorierte die Frau. Schott ebenso.

„Glaubst du im Ernst, ich hätte versucht, dich für alle sichtbar abzuknallen?“, sagte Schott weiter. „Glaubst du wirklich, dass ich wie der letzte Blödmann die Bullen auf meine Spur gebracht hätte? Noch dazu mit der Monika als Mitwisserin? Also, wenn ich so blöd sein sollte, hätte ich die Prügel wirklich verdient.“

„Du warst es also nicht?“

„Nein.“

Die Krankenschwester verschwand kopfschüttelnd im Flur. Hauser lehnte sich an den Türrahmen, die Hände in den Taschen seines Bademantels vergraben, und blickte Schott mit neuerwachtem Interesse an.

„So ein Pech“, sagte er. „Dann hätte ich dir ja echt Unrecht getan?“

„Allerdings. Und vielleicht kapierst du jetzt endlich auch, was Sache ist. Wenn hier jemand erledigt ist, dann bist du das. Weil da draußen nämlich noch einer herumläuft, der es auf dich abgesehen hat.“

„Und wer sollte das sein, du Klugscheißer?“

„Lass dich überraschen, Arschloch.“

„Netter Versuch“, sagte Hauser und warf die Tür hinter sich zu. Aber es hatte nicht sehr überzeugt geklungen.

# 31

*Er sah aus, als hätte er einen Unfall gehabt. Auf den Kopf gefallen oder so.*

*Alexandra schreckte zurück.*

*Doch der Fettsack grinste nur anzüglich.*

*„Hast dich schon gefreut, was?“, sagte er mit schleppender Stimme. „Hast wohl gedacht, der böse Onkel kommt nicht wieder?“*

*Sie blieb stumm, schüttelte nur den Kopf.*

*Der Fettsack trat näher, setzte sich auf das Bett und zog sie an den Handgelenken zu sich auf den Schoß. Er umfasste mit beiden Händen ihre Hüften, schob ihr T-Shirt hoch und vergrub schwer schnaufend sein Gesicht zwischen ihren winzigen Brüsten.*

*Alexandra nahm all ihren Mut zusammen. „Warum machen Sie das?“, fragte sie.*

*Der Fettsack blickte unwillig auf. „Was?“*

*„Warum machen Sie das hier?“, wiederholte sie. „Ich habe Ihnen doch überhaupt nichts getan.“*

*„So, meinst du?“ Der Fettsack ließ ab von ihr, gab sie frei und bedeutete ihr mit einer Handbewegung, sie solle neben ihm Platz nehmen.*

*„Du glaubst wahrscheinlich, ich bin einfach nur ein böser Mensch, dem es Spaß macht, andere Menschen zu quälen?“, fragte er nach einer Weile gespannten Schweigens, ohne sie dabei anzusehen.*

*Alexandra sagte nichts.*

*„Nun ja, formulieren wir die Frage anders", fuhr er fort. „Hast du nie den Wunsch gehabt, wie Gott zu sein, Herr über Leben und Tod zu sein?"*

*Sie schüttelte den Kopf. „Nein", sagte sie leise.*

*„Ich schon. Dummerweise hat ein Bekannter von mir einmal behauptet, wenn es einen Gott gibt, dann kann er nur ein Sadist sein. Und soll ich dir was verraten: Er hatte Recht damit."*

*„Das glaube ich nicht …"*

*„Was? Dass Gott ein Sadist ist?"*

*„Ja …"*

*Der Fettsack lachte. „Hast du nie die Bibel gelesen? Was dein lieber Gott dort alles veranstaltet, dagegen bin ich ein Waisenknabe …"*

*Der Fettsack stand auf und blickte auf sie herab. „Ich meine, ich könnte natürlich ein Gewehr nehmen, auf einen Turm steigen und wahllos Leute erschießen", sagte er dann. „Oder Gift ins Trinkwasser schütten. Oder eine Bombe legen. Nichts könnte mich davon abhalten, verstehst du? Absolut nichts. Aber ich bin kein Unmensch. Und deswegen bist du hier, nur deswegen."*

*„Aber wenn Sie an Gott glauben, haben Sie dann keine Angst vor der Hölle?"*

*Der Fettsack lachte erneut. „Ich fürchte, die Hölle wartet auf alle von uns …"*

# 32

„Also, wenn Sie mich fragen, ist das langsam die reinste Zeitverschwendung“, sagte Bischoff. „Jetzt observieren wir den Kerl schon den dritten Tag und nichts tut sich.“

Gruber nickte nur und starrte weiter zum Fenster hinaus. Seit sie vor zwei Stunden ihre Kollegen abgelöst hatten, herrschte dicke Luft zwischen ihnen. Wobei Bischoff natürlich Recht hatte. Sie konnten Mittermaier nicht ewig hinterher schnüffeln. Schon aus Personalmangel. Zumal es nur eine Frage der Zeit war, bis der Mann die Aktion spitzkriegen würde. Und dann entweder abtauchen oder sich wegen Verletzung seiner Bürgerrechte beschweren würde.

„Wenn Sie was Besseres wissen, nur zu“, sagte er. „Aber wenn wir den Kerl jetzt aufscheuchen, können wir wieder von vorne anfangen.“

„Ich weiß. Trotzdem bin ich dafür, dass wir jetzt langsam Nägel mit Köpfen machen. Ja oder nein. Schwarz oder weiß.“

Gruber registrierte aus den Augenwinkeln eine Bewegung, blickte nach rechts über die Straße, und wer kam dort den Gehsteig entlang?: Susanne Hauser. Fast hätte er sie nicht erkannt, mit Sonnenbrille und das blonde Haar vom einem Kopftuch verhüllt. Er stieß Bischoff in die Seite und sagte mit triumphierendem Unterton: „Na, wer sagt es denn? Jetzt haben wir die Katze im Sack."

Sie beobachteten mit angehaltenem Atem, wie Susanne Hauser kurz bei Mittermaier klingelte und dann das Gebäude betrat.

„Ich nehme alles zurück", sagte Bischoff und lächelte kläglich.

„Das hoffe ich doch …"

„Und jetzt?"

„Ich finde, wir sollten ihnen noch ein halbes Stundchen gönnen", sagte Gruber. „Als Ausgleich für die nächsten zehn, zwölf Jahre …"

Bischoff, die Hand schon am Türgriff, blickte ihn entgeistert an.

„War ein Scherz", sagte Gruber und wollte eben aussteigen, als er ein weiteres bekanntes Gesicht erblickte. Er traute seinen Augen nicht. Es war sein Spezi Eckstein, der aus der gleichen Richtung wie Susanne Hauser angetrabt kam.

„Rein mit Ihnen", zischte er Bischoff zu.

„Was?"

Endlich kapierte sie und schlüpfte zurück in den Wagen.

„Was macht der denn hier?", flüsterte sie.

„Gute Frage …"

In geduckter Haltung schauten sie zu, wie

Eckstein Mittermaiers Namensschild an der Tür studierte, einen flüchtigen Blick in den Pizza-Laden warf, sich einmal um die eigene Achse drehte und dann wieder den Weg zurückging, den er gekommen war. Dabei sein Handy aus der Jackentasche holte und eine Nummer eintippte.

„Jetzt sollten wir den beiden diese eine halbe Stunde doch noch geben“, schlug Gruber vor.

„Einverstanden. Verstehen Sie, was hier vor sich geht?“

Gruber zuckte mit den Schultern.

„Vielleicht ist Eckstein doch unser Mann und jetzt dabei, statt auf Hauser auf dessen Frau loszugehen“, meinte Bischoff. „Und kundschaftet sie deswegen aus.“

„Oder Hauser war deswegen so zurückhaltend, weil er ahnte, was auch wir glauben: Dass seine Frau hinter dem Anschlag steckt. Und hat jetzt das Gleiche gemacht, was wir machen: Er lässt sie beschatten …“

„Aber ausgerechnet von diesem Eckstein?“

„Warum nicht? Der beste Mann für so was, wenn Sie mich fragen. Clever, skrupellos und bestens motiviert, da er von Hauser noch Geld zu kriegen hat.“

„Oh je, wenn das mal gut geht …“

# 33

Die halbe Stunde verstrich, ohne dass sich etwas tat. Alles blieb ruhig und leer.

„Noch zehn Minuten“, bestimmte Gruber. „Dann gehen wir nachsehen …“

Er hatte kaum ausgesprochen, da kehrte Eckstein auch schon zurück. Neben sich Hauser, dessen Gesichtsausdruck nichts Gutes verhieß.

Die zwei blieben kurz an der Haustür stehen, wechselten ein paar Worte, verschwanden dann im Haus.

„Jetzt aber los …“, rief Gruber.

Sie sprangen aus dem Wagen und liefen über die Fahrbahn auf den Hauseingang zu. Sie waren kaum drin, als im Treppenhaus über ihnen ein Krach ertönte, der sich verdächtig nach einer eingetretenen Tür anhörte. Sie rannten die Treppe hoch, und tatsächlich, Eckstein und Hauser hatten sich schon Zugang zu der Wohnung verschafft. Eckstein erblickte sie als erster, und trat sofort mit angehobenen Händen zur Seite. Gruber stürmte an ihm vorbei und auf Hauser zu, der bereits das Zimmer am Ende des Flurs erreicht hatte, wo Mittermaier noch versuchte, ihm die Tür vor der Nase zuzuschlagen. Vergebens. Hauser warf sich mit voller Wucht auf den Mann und begrub ihn unter sich, als die beiden ineinander verkeilt zu Boden stürzten. Gruber trat über sie hinweg und erblickte Susanne Hauser im Bett dahinter, die Arme vor der nackten Brust verschränkt, die Augen weit aufgerissen.

„Aufhören, Polizei", rief Gruber. Zugleich packte er Hauser am linken Oberarm und am Kragen und zerrte solange an ihm, bis er Mittermaier los ließ. Der sich, ebenfalls nackt, sofort in eine Ecke verkroch und mit beiden Händen seine Genitalien abdeckte. Hauser richtete sich ächzend auf und blickte Gruber mit vor Wut funkelnden Augen an.

„Sie …?"

„Ja, ich. Überrascht?"

Hausers Blick wischte zur Seite, hin zu seiner Frau. Und bevor Gruber ihn aufhalten konnte, stürzte er sich mit ausgebreiteten Armen auf sie und schlug ihr mit den Fäusten ins Gesicht. Susanne Hauser schrie gellend auf. Gruber packte Hauser erneut am Kragen, unterstützt von Bischoff, die Hausers Hosenbeine ergriff. Zu zweit zogen und zerrten sie, bis Hauser sich endlich von der Frau löste und bäuchlings auf dem Teppich landete. Gruber drückte seine Knie in den Rücken des Mannes, holte seine Handschellen heraus und legte sie Hauser an. Als er wieder hochkam, sah er Bischoff wie erstarrt dastehen.

Von Mittermaier mit wehender Haarpracht und mit einem großkalibrigen Revolver in Schach gehalten.

„Keine Bewegung oder ich drücke ab“, sagte Mittermeier. Er hielt die Waffe mit beiden Händen fest, die Mündung nun auf Grubers Brust gerichtet.

„Alles klar“, erwiderte Gruber.

„Tut mir leid“, raunte ihm Bischoff zu. „Ich dachte, er wollte sich was zum Anziehen holen ...“

Grubers Blick fiel auf den Stuhl, auf dem Mittermaiers Jeans, T-Shirt und Slip lagen, achtlos hingeschmissen.

Fehlschaltung, dachte er.

„Kein Problem“, sagte er. „Das kriegen wir schon wieder hin ...“

„Hört auf zu labern und jetzt her mit euren Pistolen“, sagte Mittermaier.

Bischoff blickte fragend zu Gruber.

„Geben Sie auf“, sagte Gruber. „Glauben Sie vielleicht, wir sind allein hier? Das Haus ist umstellt. Sie machen alles nur noch schlimmer.“

Mittermaier ging nicht darauf ein, wedelte nur nervös mit dem Revolver hin und her.

„Zum letzten Mal, her damit oder es knallt“, rief er.

„Was wollen Sie denn, Sie haben doch schon

eine Waffe“, sagte Gruber. „Für was brauchen Sie denn noch zwei?“

„Und wollen Sie vielleicht so auf die Straße laufen?“, sagte Bischoff. „Was glauben Sie, wie weit Sie in dem Aufzug da kommen?“

„Ist das alles, was ihr draufhabt, ihr Arschgeigen?“, meldete sich Hauser vom Teppichboden her. „Los, macht die Sau endlich fertig.“

Gruber versetzte ihm einen Tritt ans Schienbein. „Sie halten gefälligst den Mund …“

Mittermaier bewegte sich einen Schritt in Richtung Tür. War mit seinem Latein sichtlich am Ende. Gruber empfand beinahe Mitleid mit ihm. Was für ein Trottel!

„Hören Sie“, sagte er. „Wie wär's, wenn Sie sich erstmal was anziehen würden, und dann reden wir wie vernünftige Leute miteinander, okay? Noch ist keinem was passiert, noch können wir die Sache in aller Ruhe regeln.“

„So, wie denn?“

„Wie schon gesagt: Am besten, indem Sie aufgeben. Es sei denn, Sie legen Wert darauf, von meinen Kollegen draußen auf der Straße erschossen zu werden.“

„Okay, dann gehen Sie jetzt runter und schicken die Typen weg. Und sie da bleibt da als meine Geisel.“

Gruber schüttelte den Kopf. „Tut mir leid, aber so funktioniert das nicht. Das sind Typen von einer Spezialeinheit. Echte Cowboys. Die scheren sich einen Dreck um mich. Und die verhandeln auch nicht. Wenn die hören, dass hier oben Geiseln festgehalten werden, kommen sie rauf. Und dann möchte ich, offen gesagt, nicht Ihrer Haut stecken …"

„Ach, leckt mich doch …" Mit diesen Worten schnappte sich Mittermaier seine Jeans und das T-Shirt vom Stuhl und lief in den Flur hinaus. Gruber fragte sich, wie weit der Ärmste mit seinen Klamotten unterm Arm wohl kommen würde. Aber er hatte kaum seine Pistole gezogen, da erklang vom Treppenhaus her schon ein Poltern, als würde jemand Hals über Kopf die Stufen hinab purzeln. Er rannte hinaus, gefolgt von Bischoff, und sah Mittermaier unten am Treppenabsatz liegen. Reglos, der Revolver seiner Hand entglitten. Eckstein tauchte hinter der Wohnungstür auf und lächelte verschmitzt.

„Habe ihm nur mal den Fuß gestellt, Herr Kommissar", sagte er. „Was Sie in Ihrem Bericht natürlich nicht erwähnen müssen. Aber merken sollten Sie sich es."

„Ja, ja …", erwiderte Gruber, unangenehm berührt.

Sie eilten zu Mittermaier hinab, brachten den Revolver an sich und legten dem Mann, der leise stöhnend langsam wieder zu sich kam, Handschellen an.

„Die Tatwaffe, was meinen Sie?“, fragte Bischoff.

„Was sonst?“

„So ein Idiot …“

„Na ja, unsere Show hier war auch nicht gerade oscarreif …“

# 34

Zurück im Schlafzimmer, forderte Gruber Susanne Hauser auf, sich endlich anzuziehen und keine Dummheiten zu machen. Die Frau gehorchte wortlos, von Hauser lediglich mit ein paar giftigen Blicken bedacht. Gruber kam nicht so gut weg. Noch auf den Knien und mit hochrot angelaufenem Gesicht beschimpfte Hauser ihn als inkompetenten Deppen und erbärmlichen Feigling. Gruber half ihm dennoch auf die Beine, auch wenn er ihm liebend gern einen Kinnhaken versetzt hätte. Schon um diese Demütigung wettzumachen. Wenn auch letztendlich nur das Ergebnis zählte, und das konnte sich sehen lassen, peinlich war ihm das Ganze schon. Und für Hauser natürlich ein gefundenes Fressen.

„Eins kann ich Ihnen jetzt schon versichern", geiferte der Mann. „Das wird ein Nachspiel für Sie haben. Und zwar eins, das sich gewaschen hat. Und jetzt befreien Sie mich endlich von den Dingern hier, aber dalli."

Gruber stellte sich taub und schubste Hauser an Eckstein vorbei ins Treppenhaus, wo Bischoff bei Mittermaier Wache hielt.

„Was wollen Sie denn?", fragte er. „Hier liegt er doch …"

„Ja, aber nur, weil er scheinbar zu blöd war, ne Treppe runterzulaufen …“

„Ich verstehe überhaupt nicht, was Sie wollen?“, brachte Gruber genervt hervor. „Haben wir nicht schon vor seiner Tür gewartet?“

„Ja, genau. Gewartet“, wetterte Hauser weiter. „Und auf was, wenn ich fragen darf, Herr Kommissar Superhirn? Dass er rauskommt und sich stellt, weil ihm plötzlich fad ist?“

„Dass er seine Waffe noch oben in der Wohnung hat, konnten wir schlecht wissen. Und dass Sie sich einmischen würden, auch nicht.“

„Einmischen! Ich glaube, ich hör nicht recht. Ich habe Ihre Arbeit gemacht, Sie Blödmann.“

„Ja. Und wenn wir nicht eingegriffen hätten, wären Sie jetzt vermutlich ein toter Mann. Wieso haben Sie Ihre Frau eigentlich nur beschatten lassen, wenn ich fragen darf? Und nicht einfach mit Gewalt zum Reden gebracht? Schott haben Sie ja auch verprügeln lassen!“

„Ich weiß nicht, wovon Sie reden, Sie Blindgänger …“

„Jetzt hör schon auf, hier den wilden Mann zu spielen“, mischte sich Eckstein unvermutet ein, drängte sich an Gruber vorbei und zerrte Hauser am Ärmel die Stufen hinab. „Die haben alles richtig gemacht, von ihrem Standpunkt aus. Sei lieber froh, dass dich der Mittermaier nicht abgeknallt hat."

Hauser schüttelte ihn ab und hielt Gruber erneut seine gefesselten Handgelenke hin. „Was ist jetzt, muss ich noch lange warten?"

„Aber nur, wenn Sie mir sofort aus den Augen gehen?"

„Ja, ja, verdammt noch mal …"

Unwillig befreite Gruber Hauser von seinen Handschellen. Der Mann warf ihm

einen letzten bösen Blick zu und polterte dann schnaufend die Treppe hinab. Sekunden später war er aus Grubers Blickfeld verschwunden.

Gruber atmete auf. Er nickte Eckstein dankbar zu. Der Mann verstand es wirklich, Punkte zu sammeln.

„Ich nehme an, er hat Sie erpresst dazu, für ihn Privatdetektiv zu spielen", sagte Gruber.

„Was sonst? Immerhin geht es um ein hübsches Sümmchen dabei. Sie hatten übrigens Recht mit Ihrer Frage: Er wollte tatsächlich, dass ich seine Alte entführen lasse und irgendwo tief im Wald mit vorgehaltenem Messer dazu bringe, auszupacken. Konnte ich ihm gerade noch ausreden. Nicht mein Stil."

„Ach nein …?" Gruber war kurz versucht, ihn wegen Schott anzusprechen, ließ es dann aber sein.

„Dass seine Frau einen Lover hat, wusste er schon länger, war ihm aber ziemlich egal“, sagte Eckstein weiter. „Aber dass sie wirklich dahinterstecken könnte, darauf hat ihn wohl dieser Schott gebracht.“

„Tatsächlich? Wie das?“

„Hauser war im Krankenhaus bei ihm im Zimmer. Und da muss er wohl ziemlich überzeugend gewesen. Ich meine, dass er mit der Ballerei nichts zu schaffen hatte.“

In der Ferne erklangen Martinshörner, die rasch näher kamen. Gruber ließ Eckstein stehen und ging in die Wohnung zurück, um nach Susanne Hauser zu sehen.

# 35

„Es war alles ihre Idee", sagte Mittermaier. „Ich Idiot habe mich nur breitschlagen lassen."

Gruber nickte nur. Er hatte nichts anderes erwartet.

„Aber wie's dann soweit war, wie ich so dagestanden bin, mit der Knarre in der Hand, habe ich Angst bekommen, ne verfluchte Angst, echt", sagte Mittermaier weiter. „Und so habe ich daneben geschossen. Ob Sie mir das nun glauben oder nicht."

Gruber lächelte nachsichtig. Auch das hatte er erwartet. Das Dumme war nur, dass der Mann mit dieser Version vor Gericht vielleicht sogar durchkommen würde. Und damit ein paar Jahre weniger kassieren würde, als ihm eigentlich zustanden.

„Und warum wollte Frau Hauser, dass Sie ihren Mann töten?"

„Sie hat gesagt, sie kann ihn nicht mehr ertragen. Und weil sie erfahren hätte, dass ein paar Leute, für die er Geld anlegen sollte, stocksauer auf ihn sind. Dass die ihm sogar gedroht hätten. Also nicht mit Gericht oder so, sondern so richtig, mit Hausanzünden und so. Und da hat sie gemeint, dass jetzt genau der richtige Zeitpunkt wäre."

„Verstehe. Und was genau hat sie Ihnen versprochen, für den Fall, dass Sie Erfolg gehabt hätten?"

Mittermaier zögerte kurz. „Na ja, einen Haufen Kohle halt und so. Sie hätte ja alles geerbt."

„Es gab also keine klaren Absprachen darüber, was Sie alles bekommen würden?"

„Ähhh, nein. Eigentlich nicht."

„Und damit haben Sie sich zufrieden gegeben?"

„Klar, warum nicht?"

„Bisschen viel Vertrauen zu einer Frau, die gerade im Begriff ist, ihren Mann ermorden zu lassen, finden Sie nicht?"

Mittermaier schüttelte sich das Haar aus dem Gesicht und grinste verlegen. „Das hätte ich schon hingekriegt", sagte er dann. „Mit Weibern kenne ich mich aus."

„Ach ja? Haben Sie deshalb auch den Revolver behalten, für einen nächsten Versuch?"

„Blödsinn. Ich habe einfach nicht gewusst, wohin mit dem Ding."

„Frau Hauser hat also nicht versucht, Sie zu einem neuen Anschlag zu überreden?"

„Doch, doch …" Mittermaier nickte eifrig. „Aber erstmal hat sie mir ganz schön die Hölle heiß gemacht, das können Sie mir glauben."

„Und es sollte wieder auf die gleiche Art geschehen, oder wie?"

„Genauso. Nicht gleich natürlich, aber in ein paar Monaten oder so."

„Was Sie abgelehnt haben, wie ich annehme?"

„Logisch. Ich sag doch …"

„Okay, eine letzte Frage noch für heute: Wann hat Frau Hauser Sie das erste Mal darauf gesprochen, dass Sie ihren Mann umbringen sollen?"

Mittermaier blickte Gruber leicht verwirrt an.

„Ähhh, ich weiß nicht mehr genau. So vor ein paar Monaten, glaube ich …"

„Alles klar." Gruber stand auf und ging auf den Flur hinaus. Er klopfte an die Tür von Bischoffs Büro gegenüber, trat ein und schaute sich Susanne Hauser an, die aufrecht dasaß und Gruber zu ignorieren versuchte.

„Und?", fragte Gruber.

„Sie sagt, sie hat absolut nichts damit zu schaffen. Hätte von nichts gewusst, bis wir alle in seiner Wohnung aufgetaucht seien und er mit dem Revolver rumgefuchtelt habe."

Gruber ging zurück in den Flur, gefolgt von Bischoff, die hinter sich die Tür zudrückte.

„Und Ihr Kandidat?", fragte sie, während sie zu Mittermaier hineinspähte.

„Spielt den Verführten, der im letzten Augenblick Skrupel bekommen hat und deswegen absichtlich daneben geschossen hat."

„Glauben Sie ihm?"

„Kein Wort", erwiderte Gruber mit gesenkter Stimme. „Aber ich glaube fast, dass es sein könnte, dass er auf eigene Faust gehandelt hat …"

Bischoff blickte ihn überrascht an.

„Auf einmal? Nachdem Sie so davon überzeugt waren, dass sie die Drahtzieherin ist."

„Warten wir es ab. Und jetzt reden Sie mal mit ihm, okay."

„Also Frau Hauser", sagte Gruber mit betont sanfter Stimme, nachdem er an Bischoffs Schreibtisch Platz genommen hatte. „Das einzige, was Sie sich jetzt noch Gutes antun können, ist, dass Sie freiwillig ein umfassendes Geständnis ablegen, vor Gericht dann Reue zeigen und anschließend eine gute Führung an den Tag legen. Dann haben Sie eine reelle Chance, in sechs bis sieben Jahren, also noch vor Ihrem fünfzigsten Geburtstag, wieder draußen zu sein. Na, wie klingt das?"

Die Frau zeigte sich nicht beeindruckt. Mehr noch: Sie wirkte eher verärgert denn verängstigt.

„Großartig! Sonst noch Vorschläge?", gab sie kühl zurück.

„Ihr Anwalt wird Ihnen das Gleiche raten, glauben Sie mir …"

„Ich kann mich nur wiederholen: Ich habe mit der Sache absolut nichts zu schaffen. Wenn

Freddie wirklich auf meinen Mann geschossen hat, dann aus eigenem Antrieb. Weil er wohl dachte, er könnte mich anschließend ausnehmen. Oder von was immer er geträumt hat.“

„Klingt nicht gerade liebevoll?“

„Er ist ne Kanone im Bett, aber sonst …“ Ihr Gesicht verzog sich zu einem müden Lächeln. „Na, Sie haben ja gesehen: Im Kopf hat er's nicht gerade.“

„Na schön, aber weswegen sonst hätten Sie sich ausgerechnet einen Vorbestraften angelacht, wenn nicht, um ihn zu benutzen?“

„Ich wusste nur, dass er mal Schwierigkeiten mit der Polizei hatte. Mehr nicht. Und es hat mich auch nicht sonderlich interessiert.“

„Wie haben Sie ihn eigentlich kennen gelernt?“

„Über eine Zeitungsanzeige. Er hat Massagen angeboten …“

„Interessant.“ Gruber lehnte sich zurück und warf einen Blick zum Fenster hinaus. Konnte es wirklich sein, dass er sich derart geirrt hatte?

„Und warum dann dieses konspirative Treffen im Wald?“, fragte er.

„Woher? Ach so …“ Die Frau lächelte wissend. „Sie haben mich also doch beschattet?“

„Selbstverständlich, was haben Sie denn gedacht?“

„Na ja, weil ich sichergehen wollte, dass uns niemand zusammen sieht. War doch klar, dass Sie auch mich überprüfen, oder?“

„Trotzdem haben Sie Herrn Mittermaier heute, also vier Tage später, in seiner Wohnung aufgesucht? Und das ziemlich arglos, wie es den Anschein hatte.“

„Weil ich so naiv war und dachte, das mit dem Verdacht gegen mich hätte sich erledigt, nachdem Sie bei mir zuhause waren und mir erzählt haben, dass Sie diesen Schriftsteller für den Täter halten. Und weil ich mir nichts vorzuwerfen hatte …“

„Verstehe …“

„Hören Sie, mein Mann ist vielleicht nicht der beste Ehemann der Welt und wir haben auch unsere Probleme, aber wieso sollte ich ihn töten lassen? Noch dazu von so einem Dummkopf, der sein Hirn in der Hose hat? Er hat mich immer bestens versorgt. Ich musste bis heute keinen Tag arbeiten gehen, wir haben drei Mal im Jahr Urlaub gemacht, er hat mir ein tolles Haus hingestellt, jedes zweite Jahr ein neues Auto, ich hatte alle Freiheiten, mehr oder weniger. Wenn ich nichts aus meinem Leben gemacht hab, ist das weitgehend meine Schuld, aber nicht seine, verstehen Sie.“

Gruber nickte. Schon fast überzeugt davon,

dass die Frau die Wahrheit sprach. Denn einen klügeren Handlanger als diesen Mittermaier hätte sie wohl immer gefunden, falls es wirklich ihre Absicht gewesen wäre, ihren Gatten loszuwerden.

„Er hat mir sogar mal eine Weltreise spendiert", erzählte sie weiter. „Was ich zunächst gar nicht so toll fand, so alleine um die Welt zu gondeln. Aber er hat mich richtiggehend gedrängt dazu."

„Interessant", murmelte Gruber, in Gedanken bereits bei Hauser und der Frage, wie der Mann diese Kehrtwendung wohl aufnehmen würde.

„Aber dann habe ich doch ein paar herrliche Monate verbracht. Und konnte später auch noch froh darüber sein, dass ich zu der Zeit nicht hier sein musste."

Gruber horchte auf. „Wieso?"

„Weil zu der Zeit, im Sommer fünfundneunzig, doch dieses Mädchen verschwunden ist. Und man hier von nichts anderem gehört oder gesprochen hat, wie ich nach meiner Rückkehr erfahren habe." Die Frau blickte Gruber unvermutet vorwurfsvoll an. „Um diese Fälle sollten Sie sich kümmern, meinen Sie nicht auch? Jetzt ist schon wieder ein Mädchen spurlos verschwunden, und Sie tappen immer noch im Dunkeln. Also wenn ich eine Tochter hätte ... "

Grubers Handy klingelte.

Es war Staatsanwältin Werner.

„Ich kann die Presse nicht länger hinhalten", sagte sie. „Die haben gleich Redaktionsschluss. Also …"

„Ich komme gleich", erwiderte Gruber. Und zu Susanne Hauser gewandt: „Dann verstehe ich nur eines nicht: Wenn Sie und Ihr Gatte schon so ein gutes Verhältnis hatten, wieso ist er dann trotzdem auf die Idee gekommen, Sie von diesem Eckstein überwachen zu lassen?"

„Vielleicht, weil er einfach geahnt hat, wie die Dinge liegen. Dass mein Liebhaber ihn aus dem Weg räumen wollte, um bei mir freie Bahn zu haben. Er ist ziemlich clever, müssen Sie wissen."

## 36

„Dann kennen Sie sicher auch viele bekannte Schauspieler…?“ Die pummelige Krankenschwester guckte Schott mit großen Augen an.

„Ach, eigentlich nicht“, erwiderte Schott. „Vielleicht ein paar. Bei den Dreharbeiten bin ich nur ganz selten dabei. Sind stocklangweilig …“

„Echt? Das kann ich mir nicht vorstellen.“

„Ist aber so …“

Ein Klopfen an der Tür unterbrach sie.

„Herein …“, rief Schott.

Es war Monika Hochstätter, die ihren Kopf zur Tür hereinsteckte. Noch blasser als sonst und mit unsicherem Gesichtsausdruck.

„Bis nachher dann“, sagte die Krankenschwester und überließ Monika Hochstätter ihren Platz am Bettende.

Die Frau lächelte Schott verlegen zu. „Ich hoffe, ich störe nicht?“

Schott, der sein rüdes Verhalten beim Wochinger längst bedauerte, schüttelte den Kopf. „Überhaupt nicht.“

„Und, wie geht es dir?“

„Jeden Tag besser. Und dir?“

„Wenn ich ehrlich sein soll, jeden Tag schlechter …“

Schott klopfte mit der Hand aufs Bett. „Setz dich doch."

Monika Hochstätter stellte ihre Handtasche am Boden ab und rutschte auf die Bettkante.

„Tut mir leid, das beim Wochinger. War nur in der ersten Wut …", sagte Schott umgänglich.

„Braucht es nicht. Du hast ja Recht gehabt. Ich war echt eine blöde Kuh." Sie holte ein Taschentuch aus ihrer Handtasche, wandte das Gesicht ab und schneuzte sich vernehmlich. „Ich hätte besser nicht herkommen sollen", murmelte sie. „Ich glaube, ich kriege eine Erkältung."

„Ach was. Ich freue mich, dich zu sehen."

„Wirklich?"

„Aber sicher …"

„Haben die Bullen schon was rausgefunden, wer diese Typen waren?", fragte sie.

„Wer sie waren, ist relativ uninteressant", erwiderte Schott. „Aber ich weiß, wer es arrangiert hat."

„Doch nicht der Gerd?"

Schott schnitt eine Grimasse. „Doch, genau der. Er war vorgestern sogar hier drin, der Drecksack. Hat alles zugegeben und die Astrid schlechtgemacht. Und mir damit gedroht, dass er mich auch in Zukunft nicht in Ruhe lassen würde."

„So ein Schwein. Das passt zu ihm."

„Na ja, du kennst ja den Spruch: Ein erkannter Feind ist nur noch halb so gefährlich. Und wenn ich nicht so besoffen gewesen wäre …“ Schott streckte seine Hand aus und legte sie auf Monikas rechten Oberschenkel. „Sag mal, was hältst du davon, wenn wir uns davonmachen, sowie ich hier raus bin? Ich glaube, wir könnten beide ein bisschen Erholung brauchen.“

Monika Hochstätter lächelte zaghaft und streichelte Schotts Hand.

„Mit was denn?“, sagte sie. „Ich habe doch kein Geld.“

„Aber ich. Sag mir einfach, wohin du möchtest, und ab geht die Post …“

Die Frau entzog sich Schott, stand auf und ging mit müden Schritten im Zimmer umher.

„Das wäre schon schön, aber wichtiger wäre es mir, du würdest dich um meine Geschichte, um mein Buch kümmern. Damit wenigstens das bleibt.“

„Dir liegt wirklich viel an dem Projekt, was?“

„Eigentlich schon.“

Schott nickte. Warum nicht, dachte er, wenn es ihr ein Trost wäre. Auch wenn er nicht verstand, wieso sie derart erpicht darauf war, ihr von weitgehend schlechten Erfahrungen geprägtes Leben öffentlich zu machen. Wieder alles aufzuwühlen, was schief gelaufen war: Erst diesem Schweinehund Hauser in die Hände gefallen, dann die falschen Freunde, die Drogen, die Jobs ins Rotlichtmilieu, ihre Krankheit. Er selbst hatte nie zurückgeblickt. Oder die Absicht gehabt, der Nachwelt etwas zu hinterlassen. Weder einen Baum, ein Buch oder gar ein Kind. Alles sentimentaler Käse. Aber gut, warum sollte er sich nicht engagieren. Schon im Andenken an Astrid. Immerhin waren die beiden Mädels mal die besten Freundinnen gewesen. Auch wenn er nie darüber hinwegkommen würde, dass er Hauser nicht das Handwerk gelegt hatte.

„Versprochen“, sagte er. „Egal, was passiert, deine Geschichte wird gedruckt …

Sobald ich draußen bin, machen wir uns an die Arbeit, einverstanden?“

Die Frau strahlte über das ganze Gesicht. Sie beugte sich mit gespitzten Lippen zu Schott herab.

„Darf ich?“

Schott nickte. Er hatte erwartet, ihr Kuss würde schal und säuerlich schmecken, nach Krankheit und Tod, aber nichts dergleichen. Stattdessen lag eine schwere, leicht bittere, aber durchaus angenehme Süße darin, die ihn verwirrte. Und zugleich anmachte.

„Du glaubst gar nicht, wie sehr mir das hilft“, flüsterte sie ihm ins Ohr.

„Umso besser …“

Im nächsten Augenblick verspürte Schott eine leichte Übelkeit, verbunden mit dem dringenden Bedürfnis, die Toilette aufzusuchen. Er schob Monika Hochstätter zurück, richtete sich auf und glitt aus dem Bett. Doch schon nach ein, zwei Schritten wurde ihm schwarz vor den Augen und er sackte zusammen.

## 37

Sein Zimmer war leer!

Vielleicht eine Untersuchung, dachte Gruber. Aber dann fiel ihm ein, wie spät es bereits war, und er bekam es mit der Angst. Er schaute sich prüfend um. Immerhin, die Bücher, die er ihm besorgt hatte, lagen noch auf dem Nachttisch. Und auch im Badezimmer standen noch sein Zahnputzzeug und ein paar andere Toilettenartikel herum. Ein Geräusch an der Tür ließ ihn herumfahren.

Eine ältere Krankenschwester stand da, die Gruber mit sorgenvollem Blick musterte.

„Die Besuchszeit ist lange vorbei", sagte sie.

„Wo ist er?", fragte Gruber.

„Sind Sie ein Angehöriger von Herrn Schott?"

Gruber zückte seinen Ausweis. „Kriminalpolizei. Mein Name ist Gruber."

Die Schwester trat näher.

„Darf ich fragen …?"

„Nein, dürfen Sie nicht", stieß Gruber hervor. „Wo ist er, verdammt noch mal? Jetzt reden Sie schon."

„Nun, Herr Schott liegt auf der Intensivstation. Er hat vor ein paar Stunden einen Herzinfarkt erlitten."

„Schlimm?“

„Das weiß ich nicht. Aber …“

Die Schwester wollte noch mehr sagen, aber da war Gruber schon an ihr vorbei und auf dem Weg in den ersten Stock. Sein Hochgefühl war verflogen, stattdessen machte ihm lähmendes Entsetzen jeden Schritt schwerer, je näher er der Intensivstation kam.

Auf einem Stuhl vor der Tür zur Station saß Monika Hochstätter, reglos und in sich zusammengesunken. Als Gruber vor ihr stehen blieb, schreckte sie auf und blickte ihn mit einer Mischung aus Trauer und Wut an. Sie hatte geweint, ihr Gesicht war aufgedunsen und gerötet. Gruber hätte sie am liebsten in den Arm genommen.

„Wie steht es?“, fragte er.

„Ich weiß nicht. Nicht so gut, glaube ich …“, flüsterte sie. Und dann, etwas kräftiger: „Dieses Schwein, es ist alles seine Schuld.“

Gruber verstand nicht.

„Was?“

„Es war doch der Gerd, der ihm diese Schläger auf den Hals gehetzt hat …“

rief sie, nun mit schriller Stimme. „Jetzt hat er auch ihn noch auf dem Gewissen.“

Gruber legte ihr beruhigend die Hand auf die Schulter. „Erst mal abwarten …“

Die Tür ging auf und eine Krankenschwester schaute etwas ungehalten zu ihnen her.

Gruber machte sich auf das Schlimmste gefasst.

„Wir benachrichtigen Sie, wenn sich etwas ändern sollte“, sagte die Schwester zu Monika Hochstätter. „Im Augenblick ist sein Zustand stabil …“

Gruber holte erneut seinen Ausweis heraus. „Mich informieren Sie bitte auch. Egal, zu welcher Tages- oder Nachtzeit, verstanden?“

Er reichte ihr seine Visitenkarte, auf der auch seine private Telefonnummer verzeichnet war.

„Machen wir“, war die Antwort.

„Kommen Sie, ich bringe Sie nachhause.“ Gruber legte seinen Arm um Monika Hochstätters Schultern und half ihr auf.

„Aber …“

„Nichts aber. Sie haben doch gehört: Im Augenblick können wir nichts weiter tun, als warten.“

## 38

Gruber stand am geöffneten Fenster, die Hände in den Hosentaschen vergraben, und starrte in die Dunkelheit hinaus. Es hatte leicht geregnet und die Luft roch so intensiv nach fallendem Laub, dass ihm noch elender zumute wurde. Wieder ein Jahr fast vorbei. Wieder ein Jahr weniger an Lebenszeit. Er schüttelte verzweifelt den Kopf. Fragte sich zum wiederholten Male, wieso er nicht nachhause gefahren war, nachdem er Monika Hochstätter der Obhut ihrer Nachbarin übergeben hatte. Wieso er wieder ins Büro zurückgekehrt war, obwohl er ausgelaugt, verschwitzt und todmüde war. Schott war in besten Händen, wenn man so wollte, und wie er seinen Freund einschätzte, nicht so leicht unterzukriegen. Der würde das schon packen, beruhigte er sich.

Es war auch nicht die Schande, dass ihnen Hauser und Eckstein quasi zuvor gekommen waren, die ihn herumtrieb. Dass sie eine verdammt schlechte Figur gemacht hatten, subjektiv gesehen. Damit würde er schon klarkommen. Zumal er vermutlich dafür sorgen könnte, dass die Medien kaum etwas über den Beitrag dieser Herrschaften berichten würden. Zumindest nicht über den von Eckstein, der seine Grenzen und

Interessen genau kannte. Was also nagte an ihm, ließ ihn nicht zur Ruhe kommen? Er kam einfach nicht dahinter. Und wurde seltsamerweise immer aufgekratzter, je länger er darüber nachdachte.

Plötzlich durstig, lief er über die leeren Flure zur Einsatzzentrale vor, warf einen Blick hinein, machte wieder kehrt und holte sich frischen Kaffee. Zurück im Büro, setzte er sich an seinen Schreibtisch und ließ die letzten Stunden erneut Revue passieren.

Dann fiel es ihm ein.

Hatte er endlich die Lösung für sein Unbehagen entdeckt?

Susanne Hausers Weltreise!

Diese Reise, zu der sie Hauser ihrer Aussage nach regelrecht gedrängt hatte.

Nur ein verrückter Zufall? Oder konnte hier ein Zusammenhang bestehen? Hatte Hauser die Frau vielleicht weggeschickt, um freie Bahn zu haben? Um ungestört seinen perversen Gelüsten nachgehen zu können? So wie damals mit Monika Hochstätter und Schotts Schwester Astrid? Nur dass er jetzt bis zum Äußersten dabei ging. Den ultimativen Kick suchte. Die letzte Grenze überschritt.

Aber Hauser fiel nicht in den Kreis ihrer Verdächtigen, passte nicht in das Profil: Zu alt, verheiratet, sozial integriert.

Doch stopp: 1995, da war Hauser zweiundfünfzig Jahre alt gewesen.

Zwei Jahre über dem Altersprofil zwischen 25 und 50 Jahren, das die Spezialisten vom LKA für am wahrscheinlichsten hielten.

Aber wie hatte er seine Verbrechen begangen?

Er war beruflich viel unterwegs, konnte also unauffällig Ausschau halten. Und das abgeschieden gelegene Bauernhaus bot optimale Möglichkeiten, um jemanden gefangen zu halten, solange die Hausfrau auf Reisen war. Aber was war mit den beiden Mädchen, die folgten? Die konnte er schlecht bei sich zuhause eingesperrt haben. Hatte er vielleicht einen Komplizen? Oder war sogar Mitglied von einem Pädophilenring?

Gruber leerte seine Tasse und wünschte sich nach langer Zeit erstmals wieder, er würde rauchen. Dann nahm er ein Stück Papier zur Hand und schrieb auf, was er von Hauser wusste. Oder genauer, was gegen den Mann sprach.

Fieser Geschäftsmann, fiese Vergangenheit, fieses Verhalten.

Ein echtes Ekelpaket, keine Frage.

Okay, seine Frau war anderer Ansicht, aber die hielt er sich vielleicht nur als Fassade, als kostspieliges Aushängeschild für sein vermeintlich gutbürgerliches, biederes Dasein.

Er warf einen Blick zu seinem Handy. Sollte er Bischoff anrufen? Mit ihr seine Überlegungen diskutieren? Bevor er sich entscheiden konnte, durchzuckte ihn ein neuer Gedanke und bekräftigte seine Theorie: Warum hatte Hauser nicht auf die verschwundenen Mädchen zurückgegriffen, als er sie heute Nachmittag beschimpft hatte? Jedermann hackte deswegen doch auf ihnen herum, zuletzt diese Tussi vom Fernsehen, Eckstein, Monika Hochstätters Nachbarin und gerade eben sogar Hausers Ehefrau. Aber nein, Hauser hatte ihm mit keinem Wort vorgehalten, dass die Polizei immer noch mit leeren Händen dastand. Was doch der ideale Vorwurf gewesen wäre! Hatte ihn nur als inkompetent, faul und feige bezeichnet. Allgemeinplätze, nichts weiter. Auch nur ein Zufall? Oder hatte ihn irgendetwas davon abgehalten, vielleicht die unbewusste Überlegung, er könnte sich damit verdächtig machen?

Gruber griff nun doch zu seinem Handy. Er musste mit Bischoff darüber reden. Aber kaum, dass er ihre Nummer eingetippt hatte, wurde ihm flau im Magen und er begriff, dass er Ruhe brauchte, wenigstens ein paar Stunden Schlaf. Er drückte auf Abbruch und stand auf.

## 39

Es kam exakt so, wie er befürchtet hatte: Trotz seiner Erschöpfung machte er kein Auge zu. Wälzte sich nur verschwitzt von einer Seite auf die andere und horchte besorgt auf seinen Herzschlag. Also kroch er kurz nach Mitternacht wieder aus dem Bett, legte Barry Sadlers „Ballad of the Green Berets" auf und machte es sich auf der Couch im Wohnzimmer bequem. Als er aufwachte, war es immerhin schon vier Uhr vorbei. Er stand auf, machte sich eine Tasse heißen Kakaos und hörte sich noch die „Gunfighter Songs" von Marty Robbins an, ehe er bei Tagesanbruch einen Spaziergang zur Ettendorfer Kirche hinüber unternahm. Dort setzte er sich auf die Bank vor der Kirche und schaute zu, wie sich der Nebel über der Traun auflöste und die Häuser der Stadt allmählich an Konturen gewannen. Seine Stadt! Und seit ein ehemaliger Nachbar zum Papst gewählt worden war, auch weltweit bekannt als die eigentliche Heimatstadt des Heiligen Vaters. Aber für ihn war Traunstein schon immer der Mittelpunkt der Welt gewesen, und würde es auch bleiben. Auch wenn er deswegen manchmal belächelt wurde.

Aber was soll's, dachte er, es ist letztendlich nur der Neid. Denn schöner konnte es anderswo kaum sein. Im Osten Salzburg, im Süden die Berge, im Westen der Chiemsee und im Norden, nun ja, nichts war perfekt, Niederbayern. Es gab immerhin gleich zwei Kinos, ein paar vernünftige Kneipen, ein kleines, aber feines Theater, Ärzte und Anwälte zum Saufüttern, wie seine Mutter immer gesagt hatte, und es hatte schon viel für sich, in einer alten, überschaubaren Stadt mit lebendiger Vergangenheit zu leben, und nicht in einer anonymen Großstadt. Hier kannte er sich aus und wurde als Polizist noch respektiert, auch wenn es ihm in den letzten Jahren fast das Herz zerrissen hatte, als er die Angehörigen der verschwundenen Mädchen immer wieder vertrösten musste und nichts weiter sagen konnte, als dass sie mit allen Kräften an der Aufklärung arbeiten würden.

Aber gut, falls sein Verdacht zutreffen sollte, würde er heute den Mann herausfordern, der für all dies verantwortlich war. Und er würde diesen Mistkerl zur Strecke bringen, das versprach er sich.

Wieder zuhause, machte er sich starken Kaffee und telefonierte mit Bischoff. Er brauchte nicht viel Überzeugungskraft, um sie für seine Idee einzunehmen. Sie verabredeten ein Treffen auf dem Maxplatz, in Sichtweite von Hausers Büro, wo sie dann ihre weiteren Schritte besprechen wollten.

Die Eisdiele hatte noch geschlossen, als Gruber eintraf, und so stellte er sich an den Kiosk und kaufte sich ein paar Wiener Würstchen und eine Semmel dazu. Bischoff ließ nicht lange auf sich warten.

„Das wäre ja echt unglaublich", sagte sie als Begrüßung.

„Wem sagst du das ..."

„Die Frage ist nur, was machen wir jetzt?" Sie blickte angespannt zu dem Gebäude mit Hausers Büroräumen. „Ich meine, wir können ja schlecht hochgehen zu ihm und ihn fragen, ob er uns ein paar Auskünfte bezüglich dreier spurlos verschwundener Mädchen geben könnte."

Gruber gab Teller und Besteck zurück und deutete auf die Eisdielen-Bedienung, die soeben die ersten Stühle und Tische trocken gewischt hatte und nun Getränkekarten, Zuckerdosen und Aschenbecher aufstellte.

„Setzen wir uns doch ..."

Sie nahmen Platz und Gruber winkte der Bedienung.

„Für dich auch einen Cappuccino?", fragte er.

„Ja, bitte ...Sind wir jetzt per Du?"

„Wenn es dir recht ist?"

„Gern", sagte Bischoff und lächelte.

„Wir könnten natürlich einen Frontalangriff

starten", sagte Gruber, nachdem er die Bestellung aufgegeben hatte. „Und es mit seiner Vorgeschichte begründen, mit der Tatsache, dass er schon als Jugendlicher über kleine Mädchen hergefallen ist."

„Was wir aber nicht beweisen können …", warf Bischoff ein. „Und was sich somit ganz schnell als ein Bumerang erweisen könnte."

Gruber nickte düster.

„Stimmt. Genauso, wenn wir nicht auf Anhieb etwas finden, das uns weiterbringt."

„Also bleibt uns vorläufig nur eines", fuhr Bischoff mit nachdenklichem Gesichtsausdruck fort, „wir können ihn vorerst nur observieren und auf das Schlimmstbeste hoffen, um es mal so zu formulieren."

„So ungefähr …"

Bischoff schüttelte angewidert den Kopf. „Manchmal finde ich diese Rücksichtnahme echt zum Kotzen, du nicht?"

„Was willst du machen, ihm Daumenschrauben anlegen?"

„Das nicht gerade, aber …" Sie verstummte und wandte den Blick ab.

Gruber pflichtete ihr in Gedanken bei, obwohl es ihm nie in den Sinn gekommen wäre, eindeutig illegale Mittel auch anzuwenden. Lügen, tricksen und Druck ausüben ja, aber nicht mehr.

„Mensch, was macht die denn hier?“

Von Bischoffs Tonfall alarmiert, folgte er ihrem Blick und erkannte in der Frau in dem blauen Jeansanzug und mit Kopftuch Monika Hochstätter, die unsicheren Schritts auf der anderen Seite der kleinen Grünanlage entlang ging, ihre Handtasche fest an sich gedrückt. Sich gegenüber dem Eingang zu Hausers Büroadresse dann auf eine Bank setzte und reglos dort verharrte.

„Nur ein Zufall oder was meinst du?“, fragte Bischoff.

„Keine Ahnung. Warten wir's ab …“

„Das mit Schott macht ihr wohl ziemlich zu schaffen, hm?“

„Allerdings …“

Sie nahmen ihre Cappuccinos in Empfang, Gruber zahlte und genehmigte sich gleich einen kleinen, vorsichtigen Schluck. Trotz seiner Aufregung fühlte er sich plötzlich erschöpft und zu nichts zu gebrauchen. Zugleich fürchtete er die Enttäuschung, die Möglichkeit, dass sich sein Verdacht in Luft auflösen könnte.

Genauso wie Schott, dachte er, um sich abzulenken. Hier sitzen wir und warten darauf, dass sich unser Opfer eine Blöße gibt. Er erlaubte sich ein knappes Lächeln.

„Was ist?“

„Jetzt kann ich es dir ja sagen: Schott hat mir erzählt, dass er vor ein paar Wochen auch hier gesessen hat und dabei rein zufällig mit Hauser zusammengetroffen ist."

„Aber es war kein Zufall, oder?"

„Nein. Er hat wohl auf ihn gewartet, so wie jetzt wir beide …"

„Er hatte also doch etwas vor mit ihm?"

„Er wollte ihn erschießen, ja. Eiskalt abservieren. Wollte ihn irgendwo abfangen, abknallen und die Leiche dann verschwinden lassen. Das war jedenfalls sein Plan. Zum Glück hat er dann doch die Finger davon gelassen."

„Zum Glück auch für Sie, pardon, dich. Das hätte uns beide ganz schön in die Bredouille gebracht, schätze ich."

Bevor Gruber antworten konnte, erblickten sie zu ihrer Überraschung Hauser, bepackt mit einem kleinen Koffer und zwei prall gefüllten Aktentaschen, aus der Tür treten.

„Ich glaub's nicht", stieß Bischoff hervor. „Der ist schon da …"

„Und aus gutem Grund, schätze ich", ergänzte Gruber. „Das sieht doch ganz danach aus, als wollte sich hier einer absetzen."

„Scheint mir auch so."

Sie erhoben sich und beobachteten, wie Hauser

sich in Richtung Maxstraße entfernte, ohne seine Ex-Frau dabei zu bemerken. Oder sie einfach ignorierte. Doch er war kaum an der Frau vorbei, als Monika Hochstätter aufstand und ihm folgte. Und dabei in ihrer Handtasche kramte.

„Komm“, sagte Gruber und setzte sich derart schnell in Bewegung, dass er dabei seinen Stuhl umstieß. „Da stimmt irgendwas nicht …“

Sie rannten los und hatten gerade die Apotheke passiert, als Monika Hochstätter zu ihrem Entsetzen ein ziemlich langes Messer aus ihrer Tasche zum Vorschein brachte und ihre Schritte beschleunigte.

„Halt, stopp, tun Sie's nicht …“ rief Gruber.

Monika Hochstätter hörte nicht auf ihn, aber Hauser drehte sich um, und reagierte blitzschnell. Er warf der Frau sein Gepäck entgegen, wich dann zur Seite aus und trat mit dem rechten Fuß nach ihrem linken Knie. Monika Hochstätter geriet ins Stolpern und wäre um Haaresbreite in ihr eigenes Messer gestürzt, hätte Gruber nicht im letzten Augenblick ihre Hand zu fassen bekommen. Er hielt sie fest und stützte sie, während Bischoff das Messer an sich nahm.

Kaum war das geschehen, war Hauser auch schon heran und versuchte, Monika Hochstätter mit der Faust ins Gesicht zu schlagen. Gruber fiel ihm in den Arm und drängte Hauser ab. Autos hielten an, um sie herum sammelte sich blitzschnell eine Menge Neugieriger.

„Noch eine Bewegung und ich lege Ihnen Handschellen an“, herrschte Gruber den Mann an. Dann holte er seinen Ausweis heraus und zeigte ihn den Umstehenden.

„Polizei“, rief er. „Kein Grund zur Aufregung. Gehen Sie einfach weiter …“

„Jetzt reicht es mir“, erklärte Hauser. „Morgen bin ich weg. Und wenn ich zurückkomme und diese Person ist nicht weggesperrt, dann lernen Sie mich kennen, das verspreche ich Ihnen.“

## 40

*Etwas war geschehen. Etwas Schlimmes. Das erkannte sie sofort, so wie er sie anstierte. Das war keine schlechte Laune, das war …*

*Jetzt ist es soweit, dachte sie.*

*Bitte, bitte, bitte, lieber Gott, ich will nicht sterben …*

*Der Knochenmann warf die Tür hinter sich zu und kam mit ausgebreiteten Armen auf sie zu.*

*Sie wich zurück, die Hände vors Gesicht geschlagen.*

*Er packte sie an den Schultern und stieß sie auf das Bett.*

*„Jetzt wollen wir doch mal sehen, was du so aushältst, du kleines Luder …“, knurrte er.*

*Er warf sich auf sie, drückte sie nieder und leckte ihr mit der Zunge grob über die Lippen, die Nase, die Augen. Fühlte sich derber an als je zuvor. Sie traute sich nicht, ihm in die Augen zu schauen. Starrte stattdessen wie gebannt auf eine Ader, die an seinem Hals pulsierte. Der Anblick brachte sie auf eine Idee. Verzweifelt überlegte sie, ob sie es wagen könnte. Doch sie hatte kaum ihren Mund geöffnet, als seine Zunge auch schon darin herumwühlte. In ihren Rachen vorstieß und ihr die Luft zum Atmen nahm. Sie würgte, verspürte einen Brechreiz, und hatte ihm im nächsten Augenblick die Banane, die sie soeben gegessen hatte, entgegengespuckt.*

*Er schrie auf, schlug ihr einmal heftig ins Gesicht und wälzte sich vom Bett herunter.*

*„Das kriegst du zurück, du kleines Drecksstück, das garantiere ich dir", stieß er hervor, ehe er ins Badezimmer stürzte.*

*Noch leicht benommen, richtete sie sich auf und blickte zur Tür. Wenn nicht jetzt, wann dann? Er würde sie ohnehin umbringen, egal, was sie jetzt noch machte.*

*Sie sprang auf, rannte zur Tür und fand sich in einem Vorraum wieder, wo eine enge Steintreppe nach oben führte..*

*Hinter ihr erklang ein Brüllen.*

*Die Treppe hoch. Auf allen Vieren.*

*Ja, sie konnte es schaffen.*

*Im dämmrigen Flur Flickenteppiche. Wo war die Haustür? Sie bog um eine Ecke, sah einen Lichteinfall am Ende des Flurs.*

*Die Haustür mit einem kleinen Fenster darin!*

*Sie lief darauf zu, hörte hinter sich Schritte auf der Kellertreppe.*

*Sie drückte die Klinke. Verschlossen.*

*Sie drehte hektisch den Schlüssel um, die Tür schwang auf und sie war im Freien.*

*Das Sonnenlicht blendete sie kurz, aber dann*

*erkannte sie eine Wiese mit Obstbäumen und dahinter Autos. Ein Parkplatz? Wo ein Parkplatz war, würden auch Menschen. sein. Und eine Straße mit Verkehr. Sie rannte los, wollte schreien, brachte aber nur ein Wimmern heraus.*

*Sie folgte dem mit Steinplatten gepflasterten Weg.*

*Dann war plötzlich eine Hand vor ihr, presste sich über ihr Gesicht und riss ihren Kopf zurück. Sie versuchte, die Hand zu beißen, aber es zeigte keine Wirkung. Der Druck war zu stark. Dann wurde sie auch schon hochgehoben und der Knochenmann trug sie, eng an sich gedrückt, zurück ins Haus.*

*Sie weinte.*

*Es ging zurück in den Keller. Dort warf er sie aufs Bett und betrachtete kurz seine blutende Hand, ehe er sie wortlos allein ließ. Sie vergrub sich in der Bettdecke.*

# 41

„Fünf Minuten“, sagte der Arzt zu Gruber.

„Alles klar. Danke.“ Gruber stieß die Tür auf und betrat die Intensivstation. Er vermied es, sich genauer umzuschauen. Diese ganze Apparatetechnik erschreckte ihn immer wieder aufs Neue. Sein Vater hatte hier die letzten Monate seines Lebens verbracht und bei jedem seiner Besuche ein Stück lebloser gewirkt. Dann schon lieber den Lauf der Heckler & Koch in den Mund und zack weg. Er nickte einer Krankenschwester zu, zog sich einen Stuhl heran und setzte sich zu Schott ans Bett. Er drückte Schotts Hand und lächelte ihm aufmunternd zu.

„Nun, wie steht's, alter Kämpfer?“, fragte er.

„Alles halb so schlimm, glaube ich. Kann sein, dass ich meinen Lebensstil ein wenig ändern muss, wenn ich hier raus bin …“ Schott lächelte matt. „Andererseits, wer möchte schon fit und bei bester Gesundheit sterben, oder?“

„Ist ein Argument, gebe ich zu.“

Gruber blickte sich einen Moment nach der Krankenschwester und dem gegenüber liegenden Patienten um, aber niemand schenkte ihnen Aufmerksamkeit.

„Du hast nichts gehört? Es hat dir keiner

Bescheid gesagt?", fragte er dann mit gesenkter Stimme.

„Bescheid? Ich soll nicht einmal einen der Krimis lesen, die du mir besorgt hast, aus Angst, ich könnte mich dabei aufregen."

„Dann bleib jetzt mal schön ruhig." Gruber beugte sich vor und tätschelte Schotts Schulter. „Wir haben den Fall geknackt, was sagst du jetzt?"

„Echt?"

Gruber erzählte Schott mit knappen Worten, wie sie Mittermaier und Susanne auf die Spur gekommen waren, von der chaotischen Festnahme, den gegenseitigen Beschuldigungen.

„Mit anderen Worten, du bist endgültig aus dem Schneider", beschloss er seinen Bericht. „Egal, ob dieser Mittermaier nun auf eigene Faust gehandelt hat oder vielleicht doch von Hausers Frau angeheuert wurde. Das heißt, keine Überfälle mehr bei Nacht, kein Ärger mehr mit uns."

„Prima", erwiderte Schott ohne große Begeisterung.

„Ja, ja, ich weiß. Dir wäre es lieber gewesen, dieser Mittermaier hätte eine zweite Chance erhalten. Oder auch Monika Hochstätter?"

„Monika?" Schott blickte Gruber verständnislos an.

Gruber nickte grinsend. „Die hat es vor gut

einer Stunde auch versucht. Wollte Hauser mitten auf dem Maxplatz ein Messer in den Rücken rammen."

„Und?"

„Nichts weiter passiert. Wir konnten sie gerade noch davon abhalten ... Sorry, aber was sollten wir anderes machen. Ich meine, ich ..."

„Und Monika?", unterbrach Schott.

„Ach so, ja, die hätten wir eigentlich erst mal zur Beobachtung in die Psychiatrie nach Gabersee schaffen müssen. Aber ich habe dafür gesorgt, dass sie unter der Aufsicht einer Krankenschwester fürs erste in ihrer Wohnung bleiben kann. Morgen oder übermorgen sehen wir dann weiter."

„Na gottseidank. Und wieso?"

„Wieso sie Hauser ans Leder wollte? Wahrscheinlich wegen dir. Weil sie glaubt, dass Hauser und seine Schläger jetzt auch noch für deinen Herzinfarkt verantwortlich sind."

„Das kann doch nicht wahr sein ..."

Gruber überlegte kurz, wie weit er gehen könnte. Er nahm Schotts Hand und drückte sie. „Jetzt reg dich nicht weiter auf, hörst du", sagte er im Flüsterton. „Aber da wäre noch was anderes. Eine Sache, bei der du mir vielleicht helfen könntest?"

„Und bei was?"

„Hauser doch noch dranzukriegen ..."

„Und wegen was? Wegen dieser blöden Schlägerei?"

„Nein, viel schlimmer …"

Es war ein verdammtes Risiko, das er hier einging, das war Gruber vollkommen klar. Zumal er von einem Bekannten gehört hatte, dem der Arzt nach einem Herzinfarkt sogar das Schachspielen verboten hatte. Aber falls Schott ihm überhaupt weiterhelfen könnte, dann wollte er dies hier und jetzt erfahren. Solange Hauser noch im Lande war und greifbar, und nicht etwa auf unbestimmte Zeit verreist.

Er holte tief Luft, blickte noch einmal argwöhnisch um sich, und sagte: „Ich schätze, du warst so mit deiner Racheaktion beschäftigt, dass du nicht mitbekommen hast, was hier in der Gegend sonst so los ist …"

„Was denn?"

„Es verschwinden Mädchen, spurlos …"

„Du meinst, sie werden entführt?"

„Schlimmer. Entführt und ermordet. Jedenfalls gehen wir davon aus, dass sie tot sind. Bis auf das letzte Opfer vielleicht, eine gewisse Alexandra Huber aus Reit im Winkl …"

„Und wie lange geht das schon so?"

„Seit 12 langen Jahren schon. Das erste Mädchen verschwand Mitte 1995, das nächste dann im Jahr 2002, und das letzte heuer am 2. Juli …"

„Wahnsinn. Und ihr habt keine Ahnung, wer oder was dahintersteckt?"

„Null …"

„Und was hat jetzt der Hauser damit zu tun?"

Gruber beugte sich vor und klärte Schott dann mit knappen, präzisen Worten darüber auf, wie er zu der Auffassung gelangt war, dass Hauser der Täter sein könnte.

Schott hörte gebannt zu, äußerlich durchaus gefasst bleibend.

„Jetzt sag du mir, bin ich da endlich auf etwas gestoßen oder sehe ich schon Gespenster?", beendete er seinen Bericht.

„Überhaupt nicht. Klingt alles verdammt schlüssig, würde ich sagen. Aber wenn er damals wirklich sein Bauernhaus als Folterkeller oder was immer benutzt hat, während seine Frau auf Weltreise war, wo hat er später dann die anderen untergebracht? Oder war seine Alte da auch wieder unterwegs?"

„Ich glaube nicht. Ich hätte sie natürlich fragen können, aber …"

„Aber du hast Angst gehabt, sie könnte vielleicht Verdacht schöpfen", ergänzte Schott.

„Genau."

„Mann oh Mann, du sitzt hier mit drei ungeklärten Entführungsfällen herum und sagst mir von alledem kein Wort davon."

Eine hilflose Handbewegung, zu mehr konnte sich Gruber nicht aufraffen.

„Natürlich kriege ich es durch, dass wir ihn ab jetzt rund um die Uhr beschatten", sagte er dann, „aber er hat angekündigt, dass er ab morgen weg ist, um Urlaub zu machen."

„Aber du meinst, weil bis jetzt keine einzige Leiche aufgetaucht ist und es vielleicht zu ihm passen würde, dass er die Mädchen erst eine Zeitlang irgendwo einsperrt und quält, bevor er sie umbringt, könnte zumindest diese Alexandra Huber noch am Leben sein, irgendwo in einem Kellerloch gefangengehalten, vielleicht sogar bei irgendwelchen Komplizen von ihm?"

„Das genau ist die Preisfrage. Und damit kommst du ins Spiel: Du hast ihn doch eine Zeitlang beschattet, oder? Ist dir dabei irgendetwas aufgefallen? Irgendein Kontakt, eine Adresse, wo man ansetzen könnte?"

Schott stützte sich auf seinen rechten Ellbogen und starrte sekundenlang an Gruber vorbei ins Leere.

„Eigentlich nicht", sagte er dann. „Ich meine, ich könnte dir zwar jede Menge Adressen geben, wo er überall war, aber eine richtiggehend verdächtige Bewegung oder so ... Sorry, tut mir leid."

Gruber bemühte sich, sich seine Enttäuschung nicht anmerken zu lassen. Aber was hatte er auch erwartet? Eine Adresse, die schon von weitem aussagte: Hier wohnt das Böse, wie in einem richtig schlechten Horrorfilm? Lächerlich. Reines Wunschdenken. Es würde ihnen nichts anderes übrigbleiben, als nach und nach alle Kontakte Hausers zu überprüfen. Was möglichen Komplizen natürlich jede Menge Zeit geben würde, abzutauchen und ihre Spuren zu verwischen.

„Das einzige, was mir aufgefallen ist, aber auch nur am Rande", sagte Schott weiter, „ist, dass er einmal mit dem Wagen seiner Frau, einem Golf, einen Besuch gemacht hat, irgendwo in einem Industriegebiet in Traunreut. Als wollte er dort nicht auffallen mit seiner Luxuskiste."

„Aber du weißt nicht mehr, wo genau?"

„Leider nein. War an einem Samstagnachmittag, wenn ich mich recht erinnere. Jedenfalls gab es mittendrin ein derart heftiges Gewitter, mit Sturm und einem irren Wolkenbruch, dass ich selbst kaum mehr mitbekommen habe, wo ich gerade war. Und da habe ich wieder kehrt gemacht. Ich kann dir höchstens noch sagen, wo ungefähr er abgebogen sein könnte."

„Verstehe ..."

„Es sei denn, du nimmst mich mit und wir fahren die Strecke nochmals entlang."

„Wann? Jetzt gleich, in deinem Zustand?"

„Warum nicht?" Schott richtete sich auf und zupfte an einem der Infusionsschläuche, die in seinem linken Handrücken steckten. Sofort kam der Arzt, der gerade beim Patienten gegenüber stand, mit aufgeregter Miene zu ihnen heran.

„Was soll das denn werden, Herr Schott?"

„Könnten Sie mich vielleicht für ne Stunde oder so rauslassen?", fragte Schott. „Ich komme auch garantiert wieder."

Der Arzt war nicht amüsiert.

„Wollen Sie sterben?"

„Nicht heute, wenn es geht."

„Dann bleiben Sie mal schön liegen."

Der Arzt schüttelte verwundert den Kopf und blickte Gruber vorwurfsvoll an. „Und Sie gehen jetzt bitte ..."

Gruber ignorierte ihn und wandte sich wieder Schott zu. „Erzähl mir einfach, woran du dich erinnern kannst. Vielleicht reicht das ja schon fürs erste."

## 42

Sie passierten Ein- und Mehrfamilienhäuser, manche gut, die meisten weniger gut erhalten, einen still und verlassen daliegenden Metallverarbeitungsbetrieb, eine nicht gerade einladend wirkende Gastwirtschaft, etliche brachliegende Grundstücke. Zu sehen war kaum jemand: Ein paar Kinder, die in einer Hauseinfahrt Ball spielten, ein Halbwüchsiger, der ein Mofa die Straße entlang schob.

„Ganz schön öde hier", sagte Bischoff.

„Lebst du schon oder wohnst du noch in Traunreut", witzelte Gruber gezwungen.

„Du magst die Stadt wohl nicht?"

„Ich hatte mal eine Freundin hier, gleich nach meiner Scheidung …"

„Und?"

„Sie hat mich sitzenlassen."

„Oje …"

„Halb so schlimm. Inzwischen ist sie mit einem Alkoholiker verheiratet und kriegt regelmäßig Dresche, wie ich gehört habe …"

„Echt? Und das lässt dich kalt?"

„Eiskalt …"

„Ich glaube, du bist wirklich nachtragend. Genau, wie dieser Zuhälter aus Rosenheim behauptet hat."

„Hörst du jetzt schon auf die Meinung von Zuhältern?“

„Warum nicht? Tatsache ist, dass wir ohne den Mann jetzt ganz schön dumm dastehen würden.“

Gruber verzog missmutig das Gesicht.

„Hey, kein Grund, sauer zu sein.“ Bischoff versetzte ihm einen liebevollen Klaps an die Schulter. „Du warst auch klasse. Wie du diesen Mittermaier halb tot gequasselt hast mit deinen schießwütigen Cowboy-Polizisten, die angeblich draußen warten, echt gut.“

„Was sollte ich denn sonst machen?“

„Falls Hauser wirklich unser Mann ist, was glaubst du eigentlich, ist sein Motiv?“, fragte Bischoff dann. „Ich meine, wenn es ihm nur junge Mädchen geht, die alles mitmachen, die können sich diese kaputten Typen doch auch kaufen, irgendwo in Thailand zum Beispiel?“

„Sicher. Aber vielleicht reicht ihm das längst nicht mehr. Vielleicht will er sie sterben sehen …“

Am Ende der Straße, am Rande eines kleinen Waldstücks, stoppte Bischoff und stellte den Motor ab. Sie standen vor dem mit Maschendrahtzaun umzogenen Areal eines Gebrauchtwagenhändlers. Mit lediglich einer Telefonnummer auf dem verrosteten Blechschild über dem Eisengatter, das die Zufahrt blockierte.

„Das war's dann wohl", sagte Bischoff. „Und jetzt?"

Gruber deutete auf das Schild.

„Schauen wir mal nach, wer dahinter steckt"

Sie stiegen aus, öffneten das Gatter und warfen einen Blick auf die etwa fünfzehn zur Schau gestellten Autos. Hauptsächlich ältere Kleinwagenmodelle, von denen die meisten den Eindruck erweckten, als stünden sie schon ewig hier. Neben diesem Autofriedhof lag ein kleiner Bungalow, von dem aus ein gepflasterter Weg zu einem schon älteren, ziemlich heruntergekommenen Einfamilienhaus führte, umgeben von einer Wiese mit hochstehendem Gras und ein paar mickrigen Obstbäumen dazwischen.

„Ziemlich trauriges Bild", sagte Bischoff.

Ein Blick durch die verschmutzten Fenster des Bungalows sagte ihnen, dass sich hier das Büro befunden hatte: Ein leerer Schreibtisch, Aktenregale, ein paar verschlissene Polstermöbel, alles dick verstaubt und lange nicht mehr benutzt. Als das Geräusch schleichender Schritte erklang, drehten sie sich um. Der Mann, der ihnen auf dem Weg entgegen kam, war etwa Mitte vierzig, untersetzt und hatte ein hartes, auffallend knochiges Gesicht. Er war bekleidet mit einem verschmutzten Overall und einer Wolljacke darüber, trug einen frischen Verband an der linken Hand und wirkte nicht gerade erfreut über den Besuch.

„Wollen Sie einen Wagen kaufen?“, fragte er grußlos und reichlich mürrisch, wie Gruber fand.

„Das weniger“, erwiderte Gruber und zückte seinen Ausweis. „Gruber, Kripo Traunstein. Das hier ist meine Kollegin Frau Bischoff.“

„Kripo? Habe ich was verbrochen?“

„Ich hoffe nicht …“

Gruber steckte seinen Ausweis wieder ein und hielt dem Untersetzten ein Konterfei Hausers hin.

„Kennen Sie diesen Mann? Vielleicht nicht persönlich, aber vielleicht haben Sie ihn schon mal hier in der Gegend gesehen?“

Der Mann brauchte nicht lange zum Überlegen. „Das ist doch der Hauser, auf den sie letzte Woche geschossen haben. Habe sein Bild in der Zeitung gesehen.“

„Stimmt. Aber die Frage war, ob Sie ihn auch sonst kennen?“

„Er war ein paar Mal hier, der Aasgeier, ja …“

„Aasgeier?“

„Allerdings. Der dachte wohl, er könnte hier ein Schnäppchen machen.“

Gruber verstand nur Bahnhof. Schnäppchen, auf diesem Schrottplatz?

„Sie meinen, er wollte eine Ihrer Rostlauben

kaufen und noch weniger bezahlen dafür, als sie ohnehin nicht wert sind?“, fragte Bischoff.

Der Untersetzte schüttelte den Kopf. Machte dann eine Handbewegung in Richtung der Wiese.

„Was kaufen wollte er, ja. Er wollte alles kaufen hier, das ganze Gelände. Fast ein Hektar.“

„Kaufen?“, wiederholte Gruber perplex.

„Ja …“

„Wollen Sie denn verkaufen?“, fragte Bischoff.

„Von wollen kann nicht die Rede sein. Aber schauen Sie sich doch mal um. Sieht das hier vielleicht so aus, als könnte ich davon leben? Gehört inzwischen alles der Bank, mehr oder weniger. Und das muss er irgendwie spitzgekriegt haben. Seither sitzt er mir auf der Pelle. Macht mir ein Angebot nach dem anderen.“

„Verstehe …“, meinte Gruber enttäuscht.

„Und, werden Sie verkaufen an ihn?“, fragte Bischoff.

„Logisch. Bevor mir diese Bankmafia alles versteigert …“

„Wohnen Sie denn allein hier?“

Der Untersetzte nickte.

„Schon immer?“

„Ich war mal verheiratet, wenn Sie es genau wissen wollen. Es hat nicht funktioniert.“

„Schade“, sagte Bischoff dazu. „Für Kinder wäre

es hier doch wirklich ein Paradies. Also wenn ich dran denke, wie beengt ich aufgewachsen bin …"

„Macht aber auch ne Menge Arbeit", meinte der Untersetzte dazu.

Bischoff zeigte auf das Gras und das herumliegendes Gerümpel. „Der Sie aber nach Kräften aus dem Weg gehen, wie ich sehe …"

„Jetzt schon. Warum auch? Wenn alles klappt, bin ich zu Weihnachten weg."

Gruber kramte in seiner Hosentasche und brachte eine Packung Pillen zum Vorschein. Vitamintabletten, etikettiert als Betablocker. Seine Allzweckwaffe, um sich unauffällig einzuschleichen.

„Könnte ich vielleicht ein Glas Wasser bei Ihnen kriegen?", fragte er. „Ich bin schon längst überfällig. Und vielleicht verraten Sie uns auch mal Ihren Namen, hm?"

„Alex Borsche, wenn's genehm ist. Was fehlt Ihnen denn?"

„Bluthochdruck …"

„Wär's dann nicht besser, Sie würden am Schreibtisch bleiben?"

„Das sagen mir alle. Aber Tatsache ist, dass geistiges Arbeiten viel stressiger ist als zum Beispiel Taxifahren."

„Tja, wenn das so ist …"

Sie folgten Borsche zum Wohnhaus, vorbei an allerlei Unrat, an Stapeln von Autoreifen und sonstigem Sperrgut. Betraten nach ihm den muffig riechenden, mit verdreckten Flickenteppichen ausgelegten Hausflur, der sich im Halbdunkel verlor. Borsche ging voran in die gleich rechts vom Eingang befindliche Küche, in der es leidlich aufgeräumt war, aber irgendwie auch schmierig und unansehnlich aussah. Er nahm aus einem Schrank ein Trinkglas, füllte es mit Leitungswasser und hielt es Gruber hin. Gruber spülte seine Vitaminpille hinunter und lächelte dankbar. Es fiel ihm schwer, den Mann einzuschätzen. War er wirklich so harmlos, wie er sich gab? Seine Geschichte klang ganz plausibel, aber wer konnte schon wissen, wie es hinter den Kulissen aussah.

„Was möchte Herr Hauser denn mit dem Grundstück anfangen?“, fragte er.

„Wahrscheinlich warten, bis es als Bauland ausgewiesen wird. Und dann teuer verkaufen, was sonst.“

Gruber nickte. „Verstehe. Also dann, Herr Borsche, wir möchten Sie auch nicht länger aufhalten.“

Sie wollten eben los, als Gruber der Einfall kam, einen Blick in die neben der Haustür platzierte Mülltonne zu werfen. Noch mit dem

Deckel in der Hand drehte er sich nach Borsche um. Doch der Mann war verschwunden.

„Was ist?“, fragte Bischoff irritiert.

„Tampons. Da drin liegt eine Verpackung für Tampons“, stammelte Gruber.

Sie zogen gleichzeitig ihre Pistolen.

„Geh du hinten rum“, rief Gruber noch, ehe er mit vorgehaltener Waffe in den Hausflur stürmte.

# 43

Schon mitten im Haus, fast am Ende des Flurs, begriff Gruber, wie töricht sein Vorpreschen war. Falls Borsche bewaffnet war, und davon war auszugehen, war er ein toter Mann, wenn er hier weiter blindlings durch die Gegend stolperte. Zumal er nicht wusste, ob sich nicht weitere Personen im Haus aufhielten. Besser also, er machte einen Rückzieher und sie hielten draußen Wache, bis Verstärkung eintraf. Borsche war erledigt, so oder so. Doch er hatte kaum den ersten Schritt rückwärts, in Richtung Haustür gemacht, als ihm etwas hart gegen den Hinterkopf gestoßen wurde.

Die Mündung einer Waffe, ganz eindeutig.

Ich bin tot, dachte er.

Aber der Schuss blieb aus. Nur seine Knie wurden weich.

„Ganz ruhig, Dicker“, sagte Borsche mit leiser, aber ungemein scharfer Stimme. „Und jetzt weg mit der Knarre, aber schön langsam.“

Gruber nickte nur, noch immer wie gelähmt vor Schreck.

„Was ist, wird's bald.“

Die Heckler & Koch entglitt Grubers Hand und landete auf dem abgetretenen Teppich zu seinen Füßen.

„Wunderbar. Und jetzt ruf deine Kollegin herbei und keinem passiert was, klar?"

Gruber, mittlerweile in Schweiß gebadet, tastete nach seinem Handy. Doch das Gerät flutschte wie ein Fisch durch seine Finger und fiel ebenfalls zu Boden.

„Tut mir leid", sagte er.

Der Druck an seinem Hinterkopf verschwand, und als er sich umdrehte, sah er Borsche breitbeinig und gut zwei Meter entfernt dastehen, in der rechten Hand eine schwerkalibrige Pistole, die auf seine Brust gerichtet war.

„Mach schon", sagte Borsche. „Und sag ihr, dass sie keinen Scheiß machen soll. Ich will nur weg von hier, okay?"

Gruber nickte, bückte sich und nahm das Handy auf. Er tippte mit zittrigen Fingern Bischoffs Nummer ein und ließ es gut zehn Mal klingeln, doch Bischoff ging nicht ran. Was soll das, dachte er, will sie mich umbringen. Oder nur besonders schlau sein? Borsche, der unterdessen an Gruber vorbeigeschlüpft war und Gruber nun als Deckung zur Haustür hin benutzte, verzog das Gesicht zu einer wütenden Grimasse. Schnellte dann vor und versetzte Gruber mit dem Pistolengriff einen heftigen Schlag an die Stirn. Gruber zuckte schmerzerfüllt zusammen und fiel auf die Knie.

„Los, kommen Sie her, oder Ihr Kollege muss dafür büßen“, rief Borsche laut zur Haustür hinaus.

„Und dann?“, erklang sofort Bischoffs Stimme. Beruhigend sachlich und kühl, wie Gruber empfand.

„Ich will nur weg von hier, sonst nichts“, erwiderte Borsche. „Ich werde Sie nur in den Keller sperren und da bleiben Sie dann, bis Ihre Kollegen Sie befreien. Und keinem passiert was.“

„Und was haben wir für Garantien?“

„Sie haben mein Wort. Oder glauben Sie vielleicht, ich lege Wert auf zwei tote Bullen?“

„Und das soll ich Ihnen glauben?“

„Warum nicht? Fragen Sie doch Ihren Kollegen, was er davon hält.“

„Bist du okay, Andreas?”

Nichts ist okay, dachte Gruber.

„Rede mit ihr, du Arschloch“, sagte Borsche zu ihm.

„Und was?“

„Ist mir doch scheißegal. Irgendwas. Dass sie endlich aufgeben soll …“

„Ich würde sagen, Sie sollten aufgeben. Oder glauben Sie vielleicht, meine Kollegin hat nicht längst Verstärkung angefordert?“

„So, meinst du?“

„Ja …“

„Ich kann dich jederzeit umlegen und hinten raus verschwinden. Was dann, Bulle?“

„Sie wären trotzdem erledigt. Aber dann ohne jede Chance, jemals wieder freizukommen.“

„Ich gebe Ihnen jetzt noch genau zehn Sekunden“, rief Borsche wieder zur Tür hinaus. „Dann haben Sie einen Kollegen weniger. Also ich zähle. Eins, zwei, drei, vier …“

„Mach schon, Ulrike“, schrie jetzt auch Gruber zur Haustür hinaus. „Der bringt mich sonst um.“ Gleichzeitig beugte er sich nach vorne und tat so, als würde er sich vor Schmerzen krümmen. Borsche ließ ihn gewähren, wich nur ein wenig zurück. Nicht im geringsten darauf gefasst, dass Gruber im nächsten Augenblick mit beiden Händen den Teppich packte und mit voller Wucht an sich riss, und Borsche damit buchstäblich den Boden unter den Füßen wegzog.

Borsche kippte nach hinten weg, Gruber warf sich zur Seite und schnappte sich seine Pistole. Er hatte die Waffe kaum in der Hand, als Borsche seinen Kopf anhob und mit benommenen Gesichtsausdruck zu ihm herschaute. Gruber wollte etwas sagen, fand aber keine Worte. Stattdessen starrte er wie gebannt auf die Pistole, die Borsche nun ebenfalls angehoben hatte, die Mündung auf

Grubers Gesicht gerichtet. Gruber war unfähig, sich zu rühren, den Blick auf das dunkle Loch gerichtet, das gleich Feuer und Tod spucken würde. Was es dann auch tat. Aber die Kugel zupfte nur an Grubers linkem Ohr, und weckte ihn aus seiner Apathie. Noch geblendet vom Mündungsblitz, drückte er ab und schoss Borsche unterhalb des Rippenbogens zweimal in die Brust. Der Mann stöhnte kurz auf, spuckte etwas Blut aus, und lag dann mit erschlafften Gliedmaßen still da.

Gleich darauf kniete Bischoff neben Gruber.

„Großer Gott, das war knapp …“, sagte sie, ihren Arm um Grubers Schultern gelegt.

Gruber wandte sich ab, um nicht auf die Leiche zu kotzen. Er zitterte am ganzen Leib und merkte erst jetzt, dass er sich in die Hose gepisst hatte.

„So, findest du?“, keuchte er mit tränenden Augen.

„Ja, du verdammter Idiot“, schimpfte Bischoff los. „Wolltest du Selbstmord begehen oder was? Wo hast du das denn gelernt, dass man den Bösewicht immer zuerst schießen lassen soll, in einem bescheuerten Western?“

„Selbstmord ist gut“, sagte Gruber.

„Wie bitte?“ Bischoff blickte ihn entgeistert an.

„Nur ein Witz, habe ich mal im Playboy gelesen“, sagte Gruber wie in Trance. „Da wird irgendwo in Alabama die Leiche von einem Schwarzen gefunden, von unzähligen Einschüssen regelrecht zerfetzt. Kommt der Sheriff, natürlich ein Weißer, und schaut sich den Toten genauestens an. Sagt dann: Also, einen so schrecklichen Selbstmord habe ich noch nie gesehen."

Bischoff rüttelte ihn. „Hey, es ist vorbei. Komm wieder zu dir …" Sie packte Gruber unter den Achseln und hievte ihn hoch.

## 44

„Mein Gott“, entfuhr es Bischoff dann plötzlich, „wir stehen hier rum und ...“

Gruber straffte sich und blickte auf sein durchnässtes rechtes Hosenbein hinab. „Okay, gehen wir nachschauen.“

„Moment noch.“

Während Bischoff ihr Handy hervorholte und Verstärkung anforderte, schleppte sich Gruber ins Bad und spritzte sich etwas kaltes Wasser ins Gesicht. Er hatte mit einem Mal rasende Kopfschmerzen und seine Ohren klingelten noch vom Krach der Schüsse her. Dann folgte er Bischoff die enge Steintreppe in den Keller hinab, in einen kleinen, kahlen Vorraum, von dem drei Metalltüren abgingen. Bischoff probierte nacheinander die Klinken. Die erste Tür führte in den Hei-zungsraum, die zweite in eine Art Vorratsraum. Die dritte war verschlossen. Sie klopfen dagegen, erhielten aber keine Antwort. Kein Laut drang an sie heran.

Bischoff eilte hoch, war gleich wieder zur Stelle. Mit Borsches Schlüsselbund. Sie probierte hastig zwei, drei Schüssel aus, der vierte passte endlich. Sie drückte vorsichtig die Klinke nieder, und sie traten ins Dunkle. Aber bereits der Geruch verriet ihnen, dass hier unten jemand untergebracht war.

Ein menschliches Wesen. Gruber tastete nach einem Lichtschalter, in der nächsten Sekunde lag eine Art Jugendzimmer für Mädchen vor ihnen. Mit Postern von „Tokio Hotel“ und anderen Musikern an den Wänden und etlichen Plüschtieren auf der Schlafcouch. Zu sehen war niemand. Aber in einer Ecke, hinter einer nicht ganz geschlossenen Falttür, war ein Schatten, dann auch eine flüchtige Bewegung erkennbar. Gruber hielt den Atem an.

„Keine Angst, wir sind von der Polizei“, sagte er.

Die Falttür wurde ein Stück weit aufgezogen, eine Hand wurde sichtbar, dann ein Arm, und schließlich das verängstigte Gesicht des Mädchens, das in den letzten Monaten Tag und Nacht in Grubers Kopf herumgespukt war: Alexandra Huber.

Gruber hätte die Kleine am liebsten gepackt und an sich gedrückt, erkannte aber, dass dies vermutlich das Allerletzte war, was das Mädchen jetzt wollte, einen alten, nach Schweiß, Urin und Angst riechenden Mann an sich zu spüren. Er zog sich mit feuchten Augen zurück und überließ es Bischoff, das Mädchen in den Arm zu schließen und ihm mit sanften Worten zu versichern, dass nun alles vorbei sei.

## 45

Der Tag wird kommen!

Wieso ihm gerade dieser Satz eingefallen war; Gruber hatte keine Ahnung. Es war ihm auch egal. Er rauchte die Zigarette, die er sich von einem Streifenpolizisten geschnorrt hatte, mit tiefen Zügen zu Ende und starrte ins Leere. Dass keine zweihundert Meter weiter der Teufel los war, kümmerte ihn nicht. Alles, was er verspürte, war eine schreckliche Müdigkeit. Verbunden mit der herrlichen Aussicht, endlich wieder ruhig schlafen zu können. Den Schlaf der Gerechten nachzuholen. Er hörte das Knacken eines Zweigs auf dem Waldboden hinter sich und drehte den Kopf.

Doktor Siegfried Ehrengard, der Psychologe, trippelte zwischen den Fichten heran.

Gruber drückte die Kippe aus, brachte seine Kleider in Ordnung und erhob sich von dem Baumstumpf, der ihm die letzten zehn Minuten als Sitzgelegenheit gedient hatte.

Ehrengard blickte ihn mitfühlend, verbunden mit einer Spur Neugierde, an.

„Wie fühlen Sie sich?“, fragte er.

Gruber brauchte nicht lange zu überlegen. „Ausgezeichnet“, erwiderte er kurzangebunden.

„Möchten Sie darüber sprechen?"

Gruber schüttelte den Kopf. „Ich weiß nicht, vielleicht. Aber nicht jetzt."

„Sind Sie sicher?"

Gruber nickte nur.

„Gut. Sie wissen ja, wo Sie mich finden können."

„Ja, sicher. Danke."

Hinter Ehrengard erschien Bischoff, ein dickes Buch in der Hand.

„So wie es aussieht, ist Hauser noch auf seinem Bauernhof", sagte sie. „Eine Zivilstreife hat das gerade gecheckt. Jetzt riegeln sie weitläufig die Gegend ab und …"

„Sind die Kollegen vom SEK schon verständigt?", unterbrach Gruber sie.

„Ja. Sind in einer halben Stunde vor Ort."

„Na dann …"

Sie starrten sich sekundenlang wortlos an. Dachten beide dasselbe: Der Tag war noch nicht zu Ende.

„Was hast du denn da?", fragte Gruber schließlich.

„Ein Fotoalbum, habe ich in seinem Schlafzimmer gefunden."

Gruber nahm das Album entgegen und schlug es auf. Es enthielt vielleicht siebzig oder achtzig

Fotos, manche schwarzweiß, die meisten farbig, und alle zeigten Borsche in Uniform oder Räuberzivil und mit einer Waffe in der Hand, meist einer Maschinenpistole.

„Ganz schön eitel gewesen, der Mann“, bemerkte er.

„Ja. Und so wie es aussieht, war er nach seiner Zeit bei der Fremdenlegion als Söldner in Jugoslawien unterwegs. Ein echter Killer, den du da erledigt hast. Möchte nur wissen, wie Hauser an den Kerl gekommen ist?“

„Fragen wir ihn doch.“

# 46

Es war gegen alle Gepflogenheiten und Wahnsinn obendrein, sich erneut diesem Druck auszusetzen, das war Gruber klar. Aber nachdem Doktor Werner grünes Licht gegeben hatte und auch Bischoff darauf brannte, Hauser höchstpersönlich zu kassieren, trafen sie ihre Vorbereitungen. Zumal es gute Gründe für ihr Vorgehen, für diese Taktik gab. Sie waren sowohl mit Hauser als auch mit den Örtlichkeiten vertraut und konnten darauf setzen, dass er bei ihrem Auftauchen erst mal keinen Verdacht schöpfen würde, trotz ihrer vormittäglichen Auseinandersetzung. Dass er vermutlich annehmen würde, sie wollten ihn wegen seiner Frau, Monika Hochstätter oder sonst wen befragen. Es sei denn, er war längst über alles informiert und hatte sich bereits abgesetzt, war irgendwie durch die Absperrung geschlüpft und weg. Oder schlimmer noch: Er hatte sich auf seinem Anwesen verschanzt und wartete nur darauf, dass sie ihn holen kamen. Um dann so viele mit in den Tod zu nehmen wie er nur könnte. Aber danach sah es im Augenblick nicht aus. Die Haustür stand sperrangelweit offen und Hausers neuer Wagen, wieder ein schwarzer BMW-Geländewagen, war im Hof geparkt. Alles wirkte ganz normal und friedlich. Gruber gab den

Feldstecher an Bischoff weiter und überprüfte seine neue Pistole, die ihm, wie es nach einem Schusswaffengebrauch Vorschrift war, ausgehändigt worden war. Es war dasselbe Modell wie seine alte, so richtig wohl fühlte er sich dennoch nicht damit. Acht Schuss im Magazin, eine im Lauf. Dazu zwei Reservemagazine. Er überlegte kurz, ob er eine weitere Waffe einstecken sollte, entschied sich aber dagegen. Die kugelsichere Schutzweste müsste reichen. Außerdem hätte er ja Bischoff an seiner Seite. Zu zweit würden sie das schon packen.

Er blickte nach hinten, wo in einer Senke am Waldrand die zwei BMW-Limousinen des SEK-Teams geparkt waren, um sie herum das halbe Dutzend der Beamten, in voller Montur und bereit zum Zuschlagen. Was unter normalen Umständen auch völlig richtig gewesen wäre. Aber nachdem zu befürchten war, dass Hauser selbst bei einem Sturmangriff Zeit bleiben könnte, auf sein Waffenarsenal zurückzugreifen, hatte er vorgeschlagen, es auf seine Weise zu versuchen.

Dem SEK-Leiter, der etwas abseits stand, war dennoch anzumerken, dass er verstimmt war. Gruber hatte vollstes Verständnis dafür. Diese Jungs übten und übten, bereiteten sich tagtäglich auf so eine Situation vor, und dann kam so ein kleiner, alter und fetter Kripokommissar und schnappte ihnen den Pokal vor der Nase weg.

Oder erhielt einen netten Nachruf.

Doktor Werner drückte zuerst Bischoff, dann Gruber die Hand. „Seien Sie vorsichtig, ja. Sie haben heute schon genug riskiert."

„Also dann", sagte Gruber, „auf ins letzte Gefecht."

Sie stiegen in Bischoffs Roadster und fuhren los. Raus aus dem Wald und die schmale, ungeteerte Straße entlang auf Hausers Domizil zu.

„Eins noch", sagte Gruber etwa auf halbem Weg. „Wir gehen kein Risiko ein, klar. Wenn's nach Ärger aussieht, gehen wir in Deckung und überlassen den Jungs da hinten den Job."

„Das sagst jetzt ausgerechnet du?"

„Ich habe heute meine Lektion gelernt, glaub mir."

„Alles klar. Aber eins muss ich auch noch loswerden ..."

„Und das wäre?"

„Für einen Typ, der sich nie was getraut hat und der vor einer Stunde fast erschossen worden wäre, bist du plötzlich ganz schön mutig."

„Warum nicht, auf meine alten Tage. Was könnte mir jetzt noch Besseres passieren als ein glorreicher Abgang mit Feuer und Schwert? Bevor ich mich morgens darüber freuen darf, noch aus dem Bett zu kommen."

„Mit sechsundfünfzig? Du spinnst!"

„Einer meiner besten Freunde ist letztes Jahr gestorben, mit vierundfünfzig. Von einer Sekunde zur anderen. Hirnschlag."

„Tut mir leid."

Bischoff stoppte neben Hausers BMW und stellte den Motor ab. Sie warteten ein paar Sekunden lang, aber nichts passierte. Kein Hauser, der ihnen den Gefallen getan hätte, herauszukommen und sie wieder einmal anzuschnauzen, arglos und wie auf dem Präsentierteller. Sie stiegen aus und gingen zur Haustür. Gruber wand sich innerlich. Er hatte das Gefühl, mit der Weste unter seinem leichten Mantel noch aufgeblähter als sonst daherzukommen. Hoffentlich blieb Hauser diese Veränderung verborgen. Er warf einen Seitenblick zu Bischoff und war zufrieden. Ihr zumindest war keine Veränderung anzumerken. Wie üblich wirkte sie cool und leicht arrogant und zeigte keinerlei Anzeichen von Nervosität

Sie blieben vor der offenen Tür stehen.

„Herr Hauser, wir hätten da noch ein paar Fragen", rief Gruber in den Hausflur. „Sind Sie da?"

Nichts.

Alles blieb ruhig und leer.

„Vielleicht doch keine so gute Idee“, flüsterte Bischoff Gruber ins Ohr.

Bevor Gruber antworten konnte, klingelte sein Handy. Er zog den Apparat widerwillig aus seiner Jackentasche und warf ausnahmsweise einen Blick auf das Display. Es war Doktor Werner. Er schüttelte verärgert den Kopf. Dummes Weib, dachte er, mitten im Zugriff anzurufen.

„Was ist?“, fragte er unwirsch.

„Besser, Sie ziehen sich zurück …“

„Und wieso?“

„Ein Landwirt, der hier in der Nähe seinen Hof hat, ist aufgekreuzt und wollte wissen, was hier los ist.“

„Na und?“

„Er hat vorher mit Hauser, von dem er ein paar Grundstücke gepachtet hat, telefoniert und ihn gefragt, ob er vielleicht wissen würde, was unser Aufmarsch hier bedeuten würde.“

„Verdammt …“

Im gleichen Moment hörte Gruber das Geräusch. Das unverkennbare Rotorengeräusch eines Hubschraubers, der rasch näher kam. Alle Achtung, die Jungs vom SEK verloren keine Sekunde! Zugleich registrierte er eine Bewegung hinter dem mit Blumentöpfen verstellen Fenster zu Hausers

Büro, in dem er auch seine Waffen gelagert hatte. Was sollten sie jetzt machen? Tausend Gedanken schossen durch seinen Kopf. Hinter Bischoffs Roadster in Deckung gehen und warten, bis die Kollegen zur Stelle waren und sie rauspaukten? Die Flucht nach vorne antreten? Beten?

Er kam sich plötzlich sehr lächerlich vor.

Aber sechs bis sieben Meter ohne jede Deckung! Und nicht zu wissen, was drinnen im Haus auf sie wartete.

Egal dachte Gruber und rannte los. Dicht gefolgt von Bischoff.

Der Hausflur war leer, aber die Tür zu Hausers Büro stand offen. Gruber zögerte kurz. Dann zog er Bischoff kurz entschlossen zu sich heran und flüsterte ihr zu, sie solle wieder vors Haus gehen und auf sein Zeichen hin einen Blumentopf durch das Fenster in Hausers Büro zu werfen. Bischoff huschte davon, und Gruber riskierte mit vorgehaltener Pistole einen Blick um die Ecke.

Verdammt, Hauser hielt schon eine Flinte in den Händen.

Aber nicht auf Gruber gezielt, sondern mit der Mündung unterm Kinn. Und mit dem Finger bereits am Abzug.

Ohne nachzudenken, schnellte Gruber vor, packte den Gold-Buddha auf der Anrichte neben der Tür und schleuderte das von Susanne Hauser als überaus wertvoll gepriesene Stück gegen das Gewehr.

Ein Schuss löste sich, der Krach erfüllte den Raum und von der Decke rieselte der Verputz.

Aber nun lag das Gewehr in der Ecke, und Hauser lehnte mit hochrotem Kopf und hängenden Lippen an seinem Waffenschrank, den Blick ins Leere gerichtet.

Gruber richtete seine Pistole auf den Mann.

„So nicht, Freundchen“, sagte er. „So nicht …“

„Herrgott“, hauchte ihm Bischoff ins Ohr. „Ich dachte schon wieder …“

Hinter ihnen drängten sich die SEK-Beamten in den Flur.

# 47

Gruber war nicht wenig erstaunt, als er Schott und Monika Hochstätter beim Händchenhalten antraf.

„Na so was", sagte er und blieb in der Tür stehen. „Störe ich etwa?"

„Red bloß keinen Blödsinn und komm endlich rein …", erwiderte Schott ungeduldig.

Gruber zog sich einen Stuhl heran und setzte sich neben Monika zu Schott ans Bett.

„Jetzt erzähl schon, was habt ihr herausgefunden", sagte Schott. Und mit einer Kopfbewegung zu der Frau: „Sie kann doch hier bleiben, oder?"

Gruber nickte.

„Rausgefunden ist gut", sagte er dann. „Ich habe soeben einen Mann erschossen und einen zweiten davon abgehalten, sich mit einer Jagdflinte den Kopf wegzuschießen."

„Was?" Schott wie auch Monika Hochstätter blickten Gruber verstört an.

„Okay, der Reihe nach: Also erst einmal war dein Tipp goldrichtig. Hauser hatte in der Straße einen Komplizen, einen Gebrauchtwagenhändler namens Erich Borsche, einen Ex-Fremdenlegionär."

„Heißt das, Hauser war tatsächlich euer Mann?", unterbrach Schott.

„Ja, stell dir vor."

„Wie, euer Mann?", fragte Monika Hochstätter. „Was hat er denn jetzt wieder ausgefressen?"

Gruber zögerte kurz. „Tut mir leid, Ihnen das mitteilen zu müssen", sagte er dann, „aber Ihr Ex-Mann ist der Mädchenmörder, nach dem wir seit zwölf Jahren fahnden."

„Was?" Monika Hochstätters Gesichtszüge froren ein. Nur ihre Augen blitzten vor Entsetzen. „Was sagen Sie da?"

„Wir haben ihn vor circa einer Stunde festgenommen", erklärte Gruber. „Sekunden, bevor er sich mit einer Kugel aus einem seiner Jagdgewehre umbringen wollte."

„Großer Gott. Sind Sie sicher?"

„Absolut."

Die Frau sackte schluchzend in sich zusammen und vergrub ihr Gesicht in den Händen.

Gruber und Schott blickten sich schweigend an.

„Aber es gibt auch eine gute Nachricht, Frau Hochstätter", sagte Gruber. „Sein letztes Opfer ist am Leben und hat die Sache, wie es scheint, einigermaßen gut überstanden."

Die Frau wischte sich ein paar Tränen aus dem Gesicht. „Wirklich?", fragte sie mit erstickter Stimme.

„Ja, wenn ich es sage …“

„Und … Und was sagt sie? Was hat er mit ihr gemacht?“

„Darüber reden wir später, einverstanden?“

„Ja …“

Monika Hochstätter hielt Gruber die Hand hin, und Gruber half ihr auf die Beine. Er legte seinen Arm um die Schultern der Frau und begleitete sie in den Flur hinaus. Dort winkte er einem Pfleger und bat ihn, sich um sie zu kümmern.

„Und weiter?“, drängte Schott, sowie Gruber wieder am Bett Platz genommen hatte. „Was ist jetzt mit diesem Autohändler?“

„Wie gesagt, den musste ich erschießen“, erwiderte Gruber.

„Heißt das, er hat vorher auf euch geschossen?“

„Genau das. Er war quasi der Hausmeister dort und Mädchen für alles …“ Gruber stockte. „Pardon“, sagte er dann.

„Ich werd verrückt …“

„Wir sind da übrigens gerade noch rechtzeitig aufgekreuzt. Hauser hatte ihm nämlich wenige Stunden zuvor eine E-Mail geschickt mit dem Text: *Sofort verkaufen. Weitere Entwicklung abwarten.* Eine ziemlich klare Anweisung, das Mädchen zu töten …“

„Und wie geht es ihr wirklich?“

„Sie ist noch jung, sie wird es hoffentlich mit professioneller Hilfe überstehen. Die zwei Dreckskerle haben sie regelmäßig brutal vergewaltigt, aber zum Glück nicht gefoltert …“

„Was vermutlich aber noch gekommen wäre, oder?“

„Vermutlich, ja …“

„Und waren die beiden jetzt die Einzigen, oder gibt es noch mehr, die in der Sache drinhängen?“

„Das Mädchen sagt nein …“

„Und Hauser?“

„Der sagt kein Wort. Hat nur zwei der besten Anwälte aus München verständigt, die noch heute Abend hier eintreffen werden.“

„Oh, Mann, das wird vielleicht ein Spektakel werden …“

„Das kannst du laut sagen.“ Gruber blickte auf die Uhr. „Wird gleich losgehen. In zehn Minuten haben wir die erste Pressekonferenz. Entschuldige, ich habe dich gar nicht gefragt, wie es dir geht?“

„Wie du siehst, schon wieder bestens.“

„Im Ernst?“

„Ja … Und du? Ich meine, wenn man gerade jemanden erschossen hat …“

„Ach was, vergiss es.“ Gruber winkte ab. „Damit komme ich schon klar. Ich habe mir zwar in die Hose gepinkelt dabei und gedacht, gleich platzt mir der Schädel vor lauter Aufregung, aber Hauptsache, dieser Albtraum ist endlich vorbei."

„Hätte ich dir, offen gesagt, gar nicht zugetraut?"

„Ich mir auch nicht."

Gruber stand auf, kehrte Schott den Rücken zu und blickte zum Fenster hinaus. Es war inzwischen dunkel geworden und es sah nach Regen aus. Nach einer Weile sagte er: „Weißt du, ich bin oft gefragt worden, warum ich Polizist geworden bin. Und ich habe immer geantwortet: Weil ich es mal für eine gute Idee gehalten hab. Heute Abend weiß ich, dass es tatsächlich eine gute Idee war …" Er drehte sich wieder zu Schott um und lächelte müde. „Komisch, nicht?"

„Überhaupt nicht."

Gruber wandte sich zum Gehen. „Also dann, ich muss los …" Er deutete zum Flur hinaus. „Scheint so, als hättet ihr beide euren Streit beigelegt?"

Schott nickte. „Ja. Und ich glaube, ich habe da einiges gutzumachen. Wir werden jedenfalls zusammen wegfahren, sowie ich hier raus bin …"

## 48

Am Ende der Schotterpiste parkte Schott ein, half Monika Hochstätter aus dem Jeep und geleitete sie vorsichtig über das steinige, leicht ansteigende Terrain zum Rand der Klippe, hoch oberhalb der Bucht. Dann eilte er zurück und holte den Picknickkorb sowie die zwei Klappstühle, die er rasch noch besorgt hatte, aus dem Fond. Gleich darauf saßen sie im milden Sonnenschein des Spätnachmittags und genossen den phantastischen Ausblick, der sich ihnen bot. Schott reichte Monika Hochstätter die Flasche mit Wasser, er selbst hielt sich an Bier.

„Wunderschön", sagte Monika nach einer Weile, „und so friedlich ..."

Schott fixierte den Wehrturm auf der gegenüberliegenden Seite der Bucht, der eine andere Geschichte erzählte. Von Invasoren, Piraten und Schmugglern, die hier an Land gegangen waren, um zu erobern, zu plündern und zu morden. Von Zeiten, als der Tod immer nur eine Handbreit vom Leben entfernt gewesen war. So wie jetzt auch. Er strich der Frau mit den Fingerspitzen zärtlich übers Haar und kam sich plötzlich irgendwie schäbig vor. War es wirklich richtig gewesen, hierher zu kommen, in diese Idylle? Wo ihr der

Abschied vielleicht noch schwerer fallen würde. Aber was hätte er anderes machen sollen? Sie hatte gesagt, sie wolle „noch einmal in die Sonne". Und so hatte er wegen der kurzen Flugzeit Mallorca gewählt. Mittlerweile immer mehr angetan von der Schönheit dieser Insel.

„Es gefällt dir also?", vergewisserte er sich.

„Es ist einfach phantastisch …"

„Wir können so lange bleiben, wie du möchtest."

„Aber …"

„Kein aber. Ich habe genug Geld, keine Sorge. Und Zeit habe ich auch."

„Trotzdem. Warum machst du das eigentlich? Du bist mir nichts schuldig."

„Braucht man immer einen Grund für das, was man tut?"

Monika Hochstätter lächelte in sich hinein und schwieg. Schott nahm eine Orange aus dem Korb, schälte sie sorgfältig und teilte sich die Stückchen mit Monika. Er sehnte sich nach einer Zigarette.

„Du warst mein erster feuchter Traum, wenn du es genau wissen willst …", sagte er dann, ohne es eigentlich zu wollen.

Monika Hochstätter nahm seine Hand und drückte sie fest.

„Was hast du eigentlich all die Jahre gemacht?",

fragte sie dann. „Ich weiß, du warst viel auf Reisen, aber damals in Berlin, nachdem du so plötzlich weg bist aus Traunstein? Hast du studiert?“

„Eingeschrieben an der Uni war ich. Aber selten dort. Und gemacht habe ich eigentlich alles mögliche. Ich bin Taxi gefahren, habe mit einem Freund zusammen eine Kneipe geführt, habe mich als Türsteher versucht, bis mir so ein verrückter Engländer den Unterkiefer gebrochen hat ...“

„Und, war es das wert?“

Schott grinste. „Ich denke schon. Hauptsächlich habe ich nämlich wie einWeltmeister gedealt.“

Monika Hochstätter ließ Schotts Hand los und blickte ihn bestürzt an. „Du hast gedealt! Mit was denn?“

„Mit allem, wofür es einen Markt gab ...“, erwiderte er ausweichend.

„Und du bist nie erwischt worden?“

„Nein. Und ich glaube auch, sie wollten uns gar nicht erwischen.“

„Wieso das denn?“

„Na ja, es waren die siebziger Jahre, du weißt schon, die Jahre der RAF, der Terroranschläge und so. Das ganze Land stand Kopf, wie du dich vielleicht erinnern kannst.. Die waren doch alle total hysterisch, die Politiker, die Medien, die Bullen. Die haben doch echt geglaubt, wir stünden kurz vor einem Bürgerkrieg. Und dachten wohl, je mehr Stoff wir in die Szene pumpen, desto bedröhnter und damit ungefährlicher werden die Typen. Nach dem Motto: Am Morgen ein Joint und der Tag ist dein Freund. Von den harten Sachen ganz zu schweigen. Also haben sie uns weitgehend in Ruhe gelassen."

„Und dann?"

„Dann war ich plötzlich zehn Jahre älter, also Ende zwanzig, hatte ein nettes Sümmchen auf der Bank, natürlich nicht hier in Deutschland, und da ich mein Glück nicht länger strapazieren wollte, bin ich solide geworden und hab geheiratet."

„Du warst verheiratet?"

„Was heißt hier war?", erwiderte Schott belustigt. „Ich bin's immer noch. Seit nunmehr sechsundzwanzig Jahren. Mittlerweile zwar nur noch auf dem Papier, aber immerhin."

„Und mit wem?"

„Mit einer Frau natürlich."

„Depp. Jetzt erzähl schon …"

„Sie war, oder besser gesagt, ist immer noch Reiseleiterin. Im Augenblick in so einem Kaff am Roten Meer. Na ja, was soll ich viel erzählen, ich habe sie einfach begleitet, nach Spanien, auf die Kanaren, in die Türkei, später dann sogar nach Kenia und Sri Lanka, habe erst Hausmann gespielt und dann angefangen, für verschiedene Zeitungen und Magazine zu schreiben, erst Reiseberichte, später dann auch politische Reportagen und so."

„Einfach so?"

„Na ja, ich kannte aus meiner Zeit als Dealer noch eine Menge Leute, von denen etliche später groß Karriere gemacht haben, gerade im Medienbereich. So ähnlich bin ich auch zum Drehbuchschreiben gekommen. Nachdem wir uns getrennt hatten, sie wollte Kinder, ich nicht, bin ich zurück nach Berlin, um zu schauen, was nach dem Fall der Mauer so los ist. Dabei habe ich eine Frau wieder getroffen, der ich in Kenia bei einer Wagenpanne mitten in der Pampa aus der Patsche geholfen hatte. Und die inzwischen als Filmproduzentin tätig war. Und mich gefragt hat, ob ich nicht mal ein Drehbuch schreiben möchte."

„Braucht man dazu nicht eine Ausbildung?"

„Keine Ahnung. Vor allem braucht man Beziehungen, würde ich mal sagen."

Weit draußen wurde ein Schiff sichtbar, ein Kreuzfahrtdampfer, der gemächlich Kurs in Richtung Süden hielt. Schott schwieg und dachte an den Zeitungsartikel, den er beim Frühstück in der „Süddeutschen Zeitung" entdeckt hatte. Der besagt hatte, dass die Polizei infolge eines Hinweises aus der Bevölkerung in den vergangenen Wochen ein Moorgebiet nördlich vom Chiemsee durchkämmt hatte. Und dass die dabei eingesetzten Leichenspürhunde auch fündig geworden waren, man einen bereits stark verwesten weiblichen Leichnam entdeckt habe, der inzwischen zweifelsfrei als die vor fünf Jahren verschwundene Steffie Rosenmüller identifiziert wurde.

Schott entschied, den Artikel vor Monika Hochstätter geheim zu halten.

## 49

Gruber war spät dran. Er fand einen Parkplatz gleich neben dem Eingang, nahm das Blumengebinde vom Beifahrersitz und stieg aus. Es hatte wieder angefangen zu schneien, dicke, schwere Flocken, und so setzte er noch schnell seinen Hut auf, ehe er ums Eck zur Aussegnungshalle stapfte. Als er eintrat, faselte der Geistliche gerade etwas von einem schweren Leben mit vielen Prüfungen, das nun friedlich zu Ende gegangen sei. Gruber hörte kaum hin. Religiöse Dinge interessierten ihn schon lange nicht mehr. Er warf nur kurz einen Blick auf den Anwesenden, inklusive Schott keine zehn Leute, die meisten davon Frauen mittleren Alters. Setzte sich dann in die letzte Reihe und sinnierte darüber, wie es bei ihm mal zugehen würde. Oder sollte. Auf keinen Fall irgendwelche dummen Reden, entschied er. Lügen hatte er sich in seinem Leben genug angehört, da wollte er wenigstens als Toter davon verschont bleiben. Auf den Segen der Kirche könnte er ebenfalls verzichten, auch wenn er formal immer noch Mitglied in diesem Verein war. Auf jeden Fall aber Musik. Viel Musik. Vielleicht in der Art dieser Band „Quadro Nuevo“, die er vor Weihnachten im NUTS gehört hatte. Etwas Fetziges wie diesen Säbeltanz, dazu ein paar

Schlager und Hits aus seinen Jugendjahren, aus seinen Jahren mit Schott. Und zum Abschluss vielleicht noch „Shall we gather at the river."

Er schreckte auf, als Schott plötzlich vor ihm stand. Die kleine Trauergemeinde hatte sich bereits verstreut, nur die Nachbarin von Monika Hochstätter, die ihnen seinerzeit von dem geparkten Wagen erzählt hatte, ließ sich Zeit und blickte immer wieder neugierig zu ihnen her.

„Schön, dass du kommen konntest", sagte Schott.

Gruber erhob sich und gab Schott die Hand. „Ich habe gehört, du warst bis zuletzt bei ihr?"

Schott nickte. „Ja."

„War es schlimm?"

„Eigentlich nicht, soweit es mich betrifft. Sie ist abends ganz normal zu Bett gegangen, und wie ich dann so gegen Mitternacht nach ihr geschaut hab, war sie tot."

Gruber legte sein Blumengebinde am Sarg ab und ging dann mit Schott auf das weitläufige Friedhofsgelände hinaus, das er in den Sommermonaten oft für eine Stunde der Erholung nutzte.

„Was hast du jetzt vor?", fragte Gruber.

„Ich gehe zurück nach Berlin", erwiderte Schott. „Zurück an meinen Schreibtisch. Die Welt will schließlich unterhalten werden."

„Verstehe …"

„Und du, wie steht's bei dir? Haben Sie dich schon zum Polizeipräsidenten befördert?"

Gruber lächelte zufrieden. „Das nicht gerade. Aber ich habe ein paar Angebote, die ganze Geschichte als Buch rauszubringen …"

„Ach so? Also wenn du einen Ghostwriter brauchst, ich stehe dir jederzeit zur Verfügung."

Gruber klopfte ihm auf die Schulter. „Schauen wir mal …"

„Und sonst?", fragte Schott.

„Hauser hat vorletzte Woche in der U-Haft einen zweiten Selbstmordversuch unternommen, aber damit wird er nicht durchkommen. Er ist voll zurechnungsfähig, sagen die Gutachter. Der Prozess ist jedenfalls für nächsten Monat angesetzt."

„Hat er eigentlich irgendwann mal eine Aussage gemacht? Sich irgendwie dazu geäußert?"

Gruber schüttelte den Kopf. „Nein. Mit keinem Wort …"

„Und dass seine Frau freigesprochen wurde, was den Anschlag auf ihn angeht, damit bist du zufrieden?"

„Absolut. So sehr ich anfangs auch davon überzeugt war, dass sie die Drahtzieherin war, so sehr glaube ich jetzt, dass dieser Mittermaier tatsächlich auf eigene Faust gehandelt hat. Auch wenn er es bis zuletzt vehement bestritten hat."

„Er hat zwölf Jahre kassiert, richtig?"

Gruber nickte nur.

„Aber was soll's", sagte er nach einer Weile. „Mir wäre es tausendmal lieber, wir würden endlich auch das zweite Mädchen finden."

„Ja, klar. Was war das eigentlich für ein ominöser Hinweis, von dem in der Zeitung stand?"

„Ach so, ein älterer Mann aus der Ecke dort ist vor Jahren auf einem seiner Spaziergänge mit Borsche aneinandergeraten, als der mit seinem Geländewagen durch die Gegend kurvte, wo es eigentlich nicht erlaubt ist. Er hat ihn zur Rede gestellt, wie ältere Herrschaften das gerne so machen, und Borsche muss dabei ziemlich patzig geworden sein. Jedenfalls mit dem Ergebnis, dass unser Zeuge den Vorfall nicht vergessen hat, zumal man ein Gesicht wie das von diesem Borsche ja auch nicht so leicht vergisst. Und als er dann Borsches Bild in der Zeitung gesehen hat und in dem Bericht darauf hingewiesen wurde, dass der Mann möglicherweise irgendwo zwei Mädchenleichen vergraben haben könnte, hat er uns zu der betreffenden Stelle geführt. Von wo aus wir dann unsere Suchaktion gestartet haben …"

„Gute Arbeit, alle Achtung."

„Na ja, es war schon ziemlich mühsam und wenn wir die Hunde nicht gehabt hätten …"

„Hm, und wie läuft es privat so, wenn ich fragen darf?"

Gruber zögerte kurz. „Du meinst Silvia?"

„Zum Beispiel …"

„Wir sind wieder zusammen, schon seit Weihnachten", erwiderte Gruber leicht verlegen. „Sie hat mich eingeladen und ich … Na ja, ich dachte zwar, ich hätte die Sache abgehakt, aber dem war wohl nicht so."

„Aha …", sagte Schott nur.

„Hm, klingt fast so, als hättest du was dagegen?"

Schott schüttelte den Kopf. „Nicht unbedingt. Aber wenn ich dir einen Rat geben darf: Versau dir nicht deine Pension, indem du sie vielleicht auch noch heiratest."

Gruber schluckte schwer. „Und warum nicht?", fragte er mit belegter Stimme. Immerhin hatte er bereits mit dem Gedanken gespielt, Silvia einen Heiratsantrag zu machen.

„Willst du es geradeheraus hören?"

„Ja …"

„Weil sie genau der Typ Frau ist, der alten Säcken wie unsereins nicht gut tut. Jedenfalls nicht auf Dauer."

„So, findest du?"

„Ach was, vergiss es. Mach einfach, was du für richtig hältst." Schott wandte sich ab und ging in Richtung Ausgang davon. Gruber folgte ihm.

Zurück am Parkplatz standen sie da und sahen verdutzt einem Fahrradfahrer nach, der soeben haarscharf an ihnen vorbeigezischt war.

„An den Anblick werde ich mich wohl nie gewöhnen", sagte Gruber

„An Fahrradfahrer?", fragte Schott verblüfft.

„An den Helm", erwiderte Gruber. „Ich meine, was soll man schon von Leuten erwarten, die Fahrrad mit Helm fahren. Oder mit zwei gesunden Beinen zum Gehen zwei Stöcke brauchen."

Schott zuckte nur mit den Schultern.

„Also, wenn du wieder mal nach Traunstein kommen solltest …"

„Oder du vielleicht mal nach Berlin …"

Sie umarmten sich. Das erste Mal, seit sie sich als Elfjährige im Pausenhof des Gymnasiums an der Rosenheimer Straße über den Weg gelaufen waren. Und Schott bei einem Streit für Gruber Partei ergriffen hatte. Einfach so, aus Lust am Kräftemessen. Dann stieg Schott in seinen knallroten Mustang und röhrte davon. Gruber blickte dem Wagen nach, bis er an der Einmündung zur Wasserburger Straße aus seinem Blickfeld verschwand.

Gruber stand noch eine ganze Weile so da, ehe er sich in seinen Peugeot setzte und zurück ins Büro fuhr, dem Rest seines Lebens entgegen.

Unsere Bücher im Internet:
www.pendragon.de

1. Auflage

Originalausgabe
Veröffentlicht im Pendragon Verlag
Günther Butkus, Bielefeld 2008

Lektorat: Günther Butkus, Markus B. Eberwein
Umschlag: Michael Baltus Mediendesign
Umschlagfoto: Marietta Heel
Satz: Pendragon Verlag auf Macintosh
Gesetzt aus der Adobe Garamond
Druck: Aalexx-Druck
ISBN 978-3-86532-994-3
Printed in Germany

Roland Voggenauer
# Blut und Wasser
Chiemgau-Krimi

Originalausgabe, ISBN 978-3-86532-072-8
160 Seiten, Paperback, 4. Auflage, Euro 9,90

1869 wird die schwangere Anna Wimmer am Ufer des Langbürgner Sees Opfer eines Verbrechens. Mehr als ein Jahrhundert vergeht, ehe Matthias Staudacher durch einen Zufall im Morast des Sees auf ihre mumifizierte Leiche stößt. Der Fund ist eine Sensation und in den regionalen Medien macht die Zeitungsmeldung über eine Moorleiche die Runde. Erst widerwillig, dann mit zunehmendem Interesse durchforstet Staudacher alte Gerichtsakten und rekonstruiert das Leben der Anna Wimmer und den an ihr begangenen Mord. Er bezweifelt das damalige Gerichtsurteil und vermutet einen ganz anderen Täter. Als er erkennt, dass die Wahrheit eng mit seiner eigenen Familie verknüpft ist, entwickelt sich ein tragischer Konflikt.

Frank Göhre

# MO

## Der Lebensroman des Friedrich Glauser

Originalausgabe, ISBN 978-3-86532-085-8
240 Seiten, Festeinband, Euro 19,90

Friedrich Glauser war seit früher Jugend süchtig. Zeitlebens war er vom Morphium beherrscht, vom „Mo“, wie er es nannte. Von seinen 42 Lebensjahren verbrachte er über acht Jahre in Irrenhäusern und psychiatrischen Anstalten. Dort schrieb er seine ersten Romane um den „Wachtmeister Studer“.

Frank Göhre zeichnet das Bild eines in sich Verstrickten, eines Umtriebigen, spürt den Möglichkeiten und Wirklichkeiten eines gelebten Lebens nach, sieht in Glauser einen Zeitgenossen. Das Faktische der Biografie öffnet sich der Fiktion und umgekehrt, wird zu einer Variation, zum Roman einer Lebensgeschichte voller Brüche und Lücken.